GAEA

Gaea

因與聿案簿錄 二

水漬

しみ。

護玄——著

水漬
因與聿案簿錄 二

目錄

人物介紹

虞因

大學生，有自然捲，髮色大多時間是褐色的(萬年染色款)。性格愛玩有點衝動，經常和同學出入夜店與夜遊，不過遇到正事時又很沉得住氣。有陰陽眼。

少荻聿

高中生，黑直髮紫色眼睛。皮膚白皙，有外國血統。因為家裡發生滅門慘劇受到很大打擊，變得不願/不能說話，但是個性細心，在語言方面很有才華。

虞夏
虞佟的雙生兄弟，阿因的二爸。警員，脾氣非常暴躁但辦事效率極佳，指著他叫小鬼必定會被揍。目前在刑事組任職，幾乎整年都在跑現場查案。
虞佟
阿因的父親。警員，黑髮娃娃臉(有著高中生般的面孔)脾氣非常溫和，擅長烹飪，因為曾經重大車禍關係所以視力衰弱。
嚴司
撈過界的法醫，暫時到本市警局支援法醫工作。興趣是遊玩人間，不過經常加班趕工沒得玩。

你曾經在身上發現莫名其妙的水漬嗎？

明明不是下雨天，你卻覺得身邊突然出現一些水印？

你覺得水中有什麼在看著你？

你看見窗戶上的水痕中有些什麼？

你有沒有聽說過，其實水和水之間是一條相通的道路？

吶，你聽見啪答啪答的拍球聲了嗎？

□

滴答的水聲自廚房傳來。

滴滴答答地落在洗手槽的紙碗當中。

因爲媽媽已經好幾天不在家了，這幾天都是爸爸煮泡麵給她吃的。

爸爸說，媽媽跟著別的叔叔離開了，可能過幾天回來，也有可能再也不不回來了，所以要她忍耐一下，爸爸有空會帶她去外面吃大餐的。

抱著大白兔娃娃、原本應該上學的女孩，因為生病在正午時間獨自留在家中，床邊放著茶水跟藥包。

爸爸說，只要她今天乖乖的，晚上會帶她去吃麥當勞，所以等會她會乖乖地吃藥。

迷迷糊糊間，她突然想起來之前媽媽帶她去夜市買的小球。

她很喜歡那顆球，可是好像兩天前不見了；媽媽每次看她把球亂扔，都會幫她把球收到櫥櫃裡，大概、大概會在那裡。

支起無力的身子，她抱著兔娃娃下了床，碎碎的步伐邁向媽媽房間。

那個大大的櫥櫃裡放了很多東西，衣服、棉被，還有她的玩具和媽媽喜歡的東西，有時候爸爸也會把東西放在裡面。

小時候，她最喜歡去那邊玩捉迷藏。

費力地打開房門，她找到了櫥櫃，放下兔娃娃，然後拉開櫃子的布門，看見裡面是一層一層的棉被，棉被後塞滿了一堆一堆的東西。

那麼，她的球在哪邊？

爬進去棉被堆，她左右翻找著。

裡面的空氣有點臭，悶悶的讓人非常不舒服。

就在翻找時，客廳大門傳來了聲響，有人用鑰匙打開了大門。

應該是爸爸回來了吧？

就在她這樣想的同時，探出的手在櫥櫃深處摸到了用塑膠袋裝起來的圓球，想也不想地，她直接將自己的小球從裡面抱出來。

奇怪，爲什麼媽媽要把球裝在塑膠袋裡面？

腳步聲很快就穿過了客廳，進入房間。

她抱著球從櫃子裡爬出來，知道有人站在自己身後，她回過頭，對來人綻開大大的笑容。

「爸爸，歡迎回——」

聲音戛然中止。

1

外面下起了雨。

雨打上的窗滑下了珠淚，一絲一絲地切割著透明。

台中市區往西一帶，因應時代不同，大樓隨之增多，各棟大樓各自展現不同的風情。

在西區有一棟年歲不多，數年之前才蓋的高級大廈——綠樓家。

夜半時，大樓中傳來連串的電話聲，然後中斷，改爲答錄機的聲音。

「這裡是嚴司家，您好。電話主人現在不在家，有事請留言。若您是法醫室的人請按一留言，若您是刑事的傢伙們請按二留言，若您是警局其他部門的人請按三留言，若您是親朋好友請按八留言。最後，若您是詐騙集團，請跟著我做，放下您的電話去撞牆三次，然後掛掉，接著轉撥警局自首，這樣被抓到會判輕一點，願主保佑你，阿門。電話『嗶』一聲之後請開始留言，謝謝您的光臨，咱們下次見。」

「嗶」的聲響隨後即起。

「阿司，可不可以叫你家的答錄機廢話不要這麼多。」留言那頭傳來想砸電話的抱怨聲：「我是虞夏，昨天申請的資料今天下午下來了，去找過你，你人不在工作室，所以我明天叫小聿拿過去給你。那就這樣，掰。」

四周立即恢復安靜。

喀的一聲，緊鄰大廳的浴室門打開了。

穿著素色襯衫的嚴司擦拭著濕髮，瞄了一眼電話答錄機，勾起了笑。

嚴司，上月開始到此支援法醫室工作，因爲公家宿舍臨時沒有空房，所以他在上頭幫忙協調下，以相當優惠的價格配給到這間挺不錯的高級大樓。

拿出了飲料，他坐在沙發上開始回撥電話，另一頭很快就被接通：「喂，我嚴司。老大，你家小聿明天要過來啊？大概幾點？他喜歡什麼點心、什麼飲料啊？我順便準備好招待他。」

電話那頭立即傳來沒好氣的聲音：「不要誘拐我家兒子！」

「唉呦，你家阿因跟小聿都很可愛啊，大哥哥招待他們多多來玩不行嗎？」搖晃著果汁罐，嚴司盯著自己面前的雪白牆面。

一滴水滑落，然後慢慢地浸入。

「你是變態怪叔叔嗎？」虞夏冷哼了聲。

「沒禮貌。」啜了口飲料，嚴司看著牆面上逐漸濕染開來的圖案，「好吧，那我準備小蛋糕等小事過來喔。」

「不要性騷擾我兒子！」

「嘿，人家才沒有那種喜好。」

「誰知道。」

電話那頭傳來問答與報告的聲音，想來虞夏大約還在趕夜班。「不玩了，我們還在辦案，先這樣，掰。」

「辛苦了，掰掰。」

放下電話後，嚴司看著牆壁上逐漸畫出的水痕，雪白的壁面一點一滴地染上淡淡的橘黃，水珠沁入牆中，擴展濕痕。

一張模糊的臉緩緩地出現在牆面上。

女人的臉。

水珠從她的眼角滑落。

「不好意思，我不是那方面的專業人士，妳要顯靈，請去找看得懂的人，好嗎？」他從沙發上站起來，把飲料罐壓扁，拋入另一端的小垃圾桶。

牆面上的面孔越來越清楚。

嚴司冷冷地看著那越漸扭曲的人臉，有點不太高興，畢竟沒有人喜歡自家牆上出現詭異的不明塗鴉。

「妳……」

猛然，一個奇異的聲音響起，屋子瞬間陷入完全的黑暗。

他瞇起眼，看見有個若有似無的影子緩緩朝他移來。

眞是一點都不有趣的狀況。

拿起旁邊的話筒，嚴司撥了一組號碼，電話那頭立即接通了，中年男子的聲音響起，帶著愛睏的睡音模糊地問，半夜沒事要幹什麼。

「喂？房東嗎，你的房子在漏水！」

□

上午六點十分。

「完了、完了！睡過頭了！」

大清早，虞佟才剛開始準備早餐，就聽到某個房間傳來驚天動地的聲音，砰砰砰地直接衝出房間，然後衝到浴室又衝出來，途中還夾雜著幾個乒乓翻倒聲與謾罵，聲勢可謂十分壯觀。

「大爸，我今天不吃早餐了，再見。」抓著背包明顯在趕時間的人，極匆忙地往外跑去。

「給我站住。」

四個字馬上讓直直向前衝的虞因停下腳步。

「大爸，還有事嗎？我來不及了啦。」跳著腳，虞因用手隨便耙了耙頭髮，倒也不敢真的甩門跑出去。

「你不是今天七點才要出門打工？」打了一顆蛋到平底鍋裡，虞佟優雅地拿下會起霧的眼鏡，開始準備麵包和濃湯。

「對啊，現在七點十分，睡過頭了，早餐我自己去外面吃，所以先走了，掰掰！」從玄關拿起球鞋隨便一套，虞因邁開大步——

「現在才六點十分。」

虞因停下腳步。

六點十分？

他舉起手，看向手腕上的錶，上面的分針剛好往前走了一步，六點十一分。

「……」

「給我回來吃早餐。」擁有全家絕對統治權的虞佟翻動了平底鍋，斷然扔下這幾個字。

拋下包包，虞因踹開球鞋，搖搖晃晃走回客廳，啪一聲倒在沙發上，「嚇死我了……」

他還以爲打工第一天就遲到了。

受到噪音的吵擾，二樓走道另一頭的房門也打開了，還睡眼惺忪的聿揉著眼、打著哈欠往浴室走去，過了好一會兒才又走出來，然後坐在沙發另一端又開始打盹。

「小聿，過來幫我端個東西。」從廚房探出頭，虞佟招著手。

聿立即就迎了過去，從裡面端出一大盤麵包往餐桌走。

「阿因，你是要到小學代課嗎？」一邊攪拌著湯鍋，虞佟一邊問著。

「喔，對啊，我們老師的朋友請假三週，因爲他是外聘的美勞老師，所以和學校商量過後，學校同意用臨時代課的人上這三堂課，代課費用那個老師會跟我算。」說來也算湊巧，因爲虞因在學校人緣不錯，所以老師閒聊時，順口問他有沒興趣賺零用錢，剛好他最近有想買的東西，就答應了。

「那你原來的打工？」

「沒衝到時間啦。我原本的打工是到工作室幫忙，固定每週二、三、四下午沒課時的兩點到八點，這個代課是每週一早上兩節，上三次，不會衝突到。」時間都算得好好的虞因站起身，走到餐桌邊幫忙擺碗筷。

「你自己覺得可以就可以。」不干涉他打工的虞佟點點頭，把平底鍋上的蛋甩起來裝到盤裡，「對了，你二爸今天不會回來，聽說要去外差，所以你們外出要記得帶鑰匙喔。」

「好。」

虞因抬起頭，見到沒事做的聿又拿起書本坐到旁邊讀。到這個家裡快一個月了，每天都看他讀那些書，從自己的讀到大爸的，又讀到二爸的，也不知道看了多少進去。大爸、二爸的書可很多都是原文的耶！

「欸，你會不會覺得這本書很複雜？」坐到聿的旁邊，虞因問著。

抬頭望著他，聿搖搖頭，然後舉高他正在看的書本，上面寫著幾個大字：《安徒生童話與解析》。

他突然覺得自己很雞婆。

「小聿以前在學校考語文檢定滿分喔。」端著濃湯走出來，把兩人互動都看在眼裡的虞佟笑著說：「阿因，你要檢討了。」他在做行政時曾看過相關報告的檔案，當然也見過聿的學校紀錄，所以相當肯定聿的實力。

虞因摸摸鼻子，哼了聲：「每個人擅長的東西都不一樣，我喜歡的是設計類的東西啊。」誰說設計一定要讀書很強，腦袋創意夠強就可以了！

「好啦，知道了。你們兩個準備吃飯了，阿因，你要自己注意時間。」端湯上桌之後，虞佟催促著兩個小鬼。

「好。」

看了手錶，大約六點二十五分，他還有充裕時間可以慢慢吃早餐，「對了，大爸，聿還不用上學嗎？」

坐在旁邊的聿遞過一個碗，還是那種什麼事都與他無關的表情。

「我跟你二爸商量過了，看看聿的意願如何，如果他肯，下學期就可以插班到你們學校的附屬高中，這樣他如果有事情，也比較好找你幫忙。」虞佟說著，想起了不久前的對話，勾了勾溫和的笑容，「你覺得呢？阿因。」

「隨便，反正我又沒差。」虞因聳聳肩，理東的大學部和高中部校區是分開的，又不是要常常黏在一起，對他來說沒有太大的影響。

「喔？眞不知道之前是誰強烈抗議小聿加入我們家喔。」瞄了一眼自家小孩，虞佟打趣地說。

「大爸，你很無聊耶。」臉上一陣熱，虞因撇過臉。現在想起來，也覺得自己那時候的堅決反對太小家子氣了，活像個小鬼，想到就好笑。

「哈，不知道是誰先無聊。」

「夠了。」

□

鬥過嘴之後，上午七點，虞因準時出門。

今天第一天，他得先到小學去報到，之後兩堂就不用這麼趕了。

「喬遠私立國小……」看著手上的路線圖和報到單，虞因戴上安全帽，把東西都塞進包包，就發動了摩托車。

聽說現在的小孩子都不好教，不過他只是去代三次課……又是國小三年級的小孩，應該還好吧？

就在他想把油門一催、車飆出去的同時，正前方猛地出現個人攔車，「聿？幹嘛？」他瞇起眼，還好沒眞的催下去，不然就有人會飛出去了。

聿將手上的東西遞給他。

那個東西越看越眼熟，虞因突然想起來那是啥了，「護身符？」上次山貓那件事時給他的那一個？

把護身符交給他後，聿轉頭就跑了。

「喂……喂！」不知道聿現在拿這個給他幹嘛。可是時間已經不早，虞因看了眼護身符，也沒有多想就收進背包裡，直接催了油門先去報到再說。

私立小學和大學在家的兩端，對他來說是反方向。

經過市區之後，通過一個不大不小的池塘——與其說是池塘，還不如說很像丟滿垃圾的髒水塘，裡面甚至發出了詭異的臭氣——繞過去之後，大約五分鐘的車程就到小學了。

校園規模算中等，操場是四百公尺一圈，旁邊有七、八個籃球架和一個小型排球場、司令台，再來就是校舍了。

虞因看著小學，突然有種感覺……

「好懷念喔。」他消失的童年時光。

停好摩托車之後，他出示證件給警衛看，然後在警衛半信半疑的態度下，問了辦公室所在，便循著路先去找人報到。

好吧，他知道染髮是不良行為。搔搔染成棕色的頭髮，虞因聳聳肩。

找到辦公室，裡面只有一位女老師，看起來大約三十來歲，乾淨俐落，一看就是精明型的老師。「呃……不好意思，我要找三年四班的導師，我是今天來代課的虞因。」

那名女老師回過頭，「我就是。」

不算是難看或是老處女的型，看起來幹練又有種書卷氣，長得也挺清秀的，應該也是個強勢的老師。

「您好，我是何老師的朋友，來代三堂美勞課。」虞因很有禮貌地先行了禮，對方對他來說是長輩，所以不可以在禮貌上隨便。

不然照他平常的社交風格，早就亂哈啦過去先了。

「你好，我是三年四班的導師齊瑞雪，請多指教。」齊瑞雪伸出手，勾友善的笑容，點點頭：「我聽何老師說，你是他朋友的得意學生，才推薦你來代課，辛苦你了。」

出乎意料，她並不難相處，虞因也露出笑容，「您太客氣了，這三週也請多多指教。」

是說，可以這樣代課嗎？他其實一直很懷疑這一點，不過既然老師方面都喬好了，他倒也無所謂，有錢拿就好了。

最近他很急切想要買某個東西，而打工的薪資是按月領的，又要繳手機費、日常開銷，所以他才會來打這個工。

「雖然說你只代課三週，不過我們班上有些事情，你也要稍微注意一下。」示意他坐下，齊瑞雪拿出學生名冊說道，「特別是某些特定的學生。」

學生？

「呃……有問題嗎？」虞因有種黑線的感覺。糟糕，該不會又是一個火坑吧？

老師，我很相信你推薦的打工喔。

「倒也不是有問題，每個班上都會有幾位不合作的學生，我們班自然也有幾個，像是這四個男孩子你要特別注意一下，他們很會欺負同學，也不太聽老師的話，所以不太好管教。」指著學生名冊上的相片，齊瑞雪這樣告訴他。

班級小霸王是嗎……

虞因端詳著那幾張大頭照，一個有點魁梧的男生特別顯眼，看起來就是一臉欠扁的感覺；另外幾個就是標準的嘍囉臉，他越看越覺得這次的打工錢似乎不是很好賺。

「帶頭的這個叫作趙良益，父親是做建築業的，個子比一般小朋友都大很多，也經常欺負班上其他同學，如果眞的制止不了他，可以讓班長去找主任或是我過去處理。儘量不要讓學生說你對他們怎樣，不然家長跟你鬧起來，倒楣的會是你自己。」看起來很有經驗的齊瑞雪說著，然後抄了兩支手機號碼給他：「第一支是主任的，第二支是我的，你只要打來，我們都會儘快過去幫忙。」

接下那兩個手機號碼，虞因有種被騙的感覺。

老師，我終於知道爲什麼你不自己來，要找學生來代課的原因了，原來你怕自己被小學生搞死，或是心臟不好氣到暴斃，所以要找心臟比較有力的學生來是吧！

虞因越想越覺得應該是這樣。早知道他向跟老師多勒索一些工錢當精神補貼了！

「我先帶你到班上看看吧。」齊瑞雪站起身，虞因連忙跟著她走出導師辦公室，「我們班教室就在操場旁邊，所以一下課學生容易坐不住，你代課的美勞連著兩節課，要稍微斟酌一下時間。」

「喔、我明白。」虞因曾在安親班打工，很了解這方面的事。

繞過走廊之後，兩人一前一後進了掛著三年四班牌子的班級。因爲時間很早，所以還沒有學生，整間教室空盪盪的，只有外面操場上傳來做運動的人發出的聲響。

陽光從窗戶照射進來，除了少許樹蔭，室內不開燈裡面仍很明亮。

「這邊就是我們班的教室，休息只要到導師辦公室就好了，那邊有沙發可以休息，有事情也可以到那邊問我們。」公式化地介紹完畢，齊瑞雪轉過身，「那麼，虞老師，你還有沒有什麼問題？」

虞因大致打量了一下教室，「我想應該沒有。」一個班級中有幾個欠扁的學生，好，他都記起來了。

「那好，你可以先準備第一節上課的東西了。」

「嗯。」

就在虞因正要轉頭離開教室時，猛然一個奇異的聲音響起。

咕嚕咕嚕，像是水的聲音。

水？

他轉過頭，教室裡的光線猛地驟減。

雖然室溫沒有下降，可是他身上已經很不自然地冒出雞皮疙瘩。

「**老師……**」

像是泡在水中的模糊聲音悠悠地從後方傳來，他轉過視線，看見最後一排靠窗處，不知道什麼時候坐了一個女孩子。她紮了兩條濕漉漉的辮子，低著頭看不見表情。

「虞老師？還有問題嗎？」驀地有人拍了他的背，一轉頭，對上齊瑞雪不解的眼神。虞因連忙搖搖頭，再回過頭時，那個女孩子已經不見了。

「沒有。對了，那個角落是誰的座位？」那個女孩子不見之後，虞因才發現那個位子上居然放了個杯子，裡面還塞著一支拜死人用的菊花。

齊瑞雪同樣也看見那東西，皺起眉走過去，一把就把杯子和花都丟進垃圾桶。「是我們班一個女孩子的，她比較內向，經常被那幾個男孩子欺負，前幾天生病之後就一直請假，不知道有沒有好一點了。」她蹲下去把落了一地的考卷、課本撿好，收到抽屜裡。

「被欺負？」虞因跟著一起整理東西，注意到桌上寫了幾個字，都是「醜女去死」、「妳媽媽跟人跑」之類的話。怎麼現在小學生這麼惡劣啊？

「嗯，聽說她媽媽跟人私奔了，剩她和父親兩個，幾個學生聽到之後，就拿這件事情嘲笑她。」嘆了口氣，齊瑞雪站起身，想把桌上的字擦掉，可是擦了幾次還是弄不掉，只好作罷。「你知道，現在的小孩子已經沒有以前那麼單純了，所以有時候很多事情很難制止。」

「喔。」虞因也沒繼續追問下去，看起來應該是什麼不好的事情。

他把最後一本課本撿起，上面有被撕破又貼回去的痕跡，可見這個小女生眞的被欺負得很慘。無奈地在心中嘆口氣，虞因將課本往書桌抽屜裡放。

那瞬間，抽屜裡猛然出現了一雙手拽住他的手掌，用力地就把他的手往前拉。

「！」虞因嚇了一大跳，立即把手抽出來，因爲過於用力，還狠狠撞開了身後的椅子。

「怎麼了？」正在想事情的女老師也被嚇了一大跳，立即回神詢問。

看著自己的手，虞因瞬間愣了一下，右手手臂上出現了一道血痕，血痕上還有濕潤像是水的液體，「不小心割到……」

「不會又是那群學生在惡作劇吧！」連忙遞出衛生紙讓他擦血，齊瑞雪皺起眉，不太高興，「我應該找時間和家長好好談談。」

「小傷而已，沒關係。」虞因看了一眼抽屜，裡面什麼也沒有。

「先去保健室吧。」

「好。」

代課第一天，虞因就開始對這個班級心懷警戒起來。

不是他的錯覺，這裡眞的……

有問題。

□

上午十點。

一個人乖乖待在家中的聿，在鬧鐘響起後才從書中回過神，抬頭看了時鐘。時間也差不多了，他和虞夏約好要送資料給嚴司，也差不多該出門了。

把書本放回虞因的書櫃裡，他跑回自己房間拿了件外套，找出資料袋與抄寫好的地址電話。出了別墅後，他走到馬路邊招了計程車。

「同學，你遲到要去上課嗎？」計程車司機看了他的外貌、年紀，問道。

聿搖搖頭，把抄有地址的單子給他。

「喔，你要去這邊喔？好啊，上車吧。」注意到他可能不會說話，計程車司機很好心地開了車門讓他上來，看了單子一下，確定地址之後還給他，說：「到大樓大概有十幾分鐘的路喔。」

點點頭，聿收起那張紙條，抱著資料袋偏頭望向車外。

計程車很快地移動了。

或許是避開了上班尖峰，所以一路上車流並不很多，幾個紅綠燈之後，很快就到了地址所在的街道，轉彎後就是標示綠樓家的大廈。

「這裡就是了，一共兩百五十元。」

付了車錢之後，聿下了車，左右張望了一下，走到管理室前，把紙條遞給管理員看。

「喔，你是嚴先生說的那位預約訪客啊。」中年警衛看了一下就打開大門，「往裡面直走右邊那一棟，電梯直接往三樓就到了。」他好心地爲聿指了路。

綠樓家分爲兩棟，一棟是綠樓，一棟是綠家，一左一右、一戶一層，算是相當不錯的高級社區。嚴司住在綠樓，剛入住時，還被虞夏嘲笑過，聽起來好像是某種做「黑」的地方。

朝警衛點頭道謝後，聿走過歐式風格的大庭院造景，也沒多看或駐足，直接就進了綠樓的電梯間。

或許是大樓住戶都已經上班，電梯間一點聲音都沒有，給人些許的陰森感。

聿確定了手上的地址，按了電梯，一會兒電梯的自動門就在他眼前打開。

電梯裡面很寬敞，三面的鏡子照出了他的身影與紫色的眼睛，然後不停往後延伸擴展，照出了更多更多個他。

皺起眉，聿踏進電梯後按了鈕，背過身不去看後面那永無止盡的鏡子。

他不喜歡鏡子，有一陣子他幾乎天天都要在鏡子裡看見自己的鏡像，看得令人作嘔。只是、只是……

猛然一回神，聿才想起其實自己已經不在以前那個地方。

他聽見機械轉動，以及上升的聲音。

很輕、很輕。

……

三樓有這麼久嗎？

猛地意識到這件事情是已經過了十來秒之後，聿連忙抬起頭，指示燈早就已經超過了三樓，標示在五樓、六樓……不停地往上攀升。

他轉過頭，鏡子裡無數個他同時也轉過頭。

門邊的樓層按鍵、旁邊的輔助按鍵全都亮起，像是有人惡作劇般全都亮起。

這種狀況……應該算是電梯故障吧？

環著手很冷靜分析現況之後，聿抬頭看看上面的紅色緊急求救按鈕，一點也不猶豫地按了下去。

對講機傳來沙沙的聲音。

「喂……喂？……電梯……狀況……誰……」

像是受到干擾，那頭傳來的聲音斷斷續續的，雜音甚至壓過了人的講話聲。

聿看著頂上的指示燈，電梯猛地在七樓煞住，重重地震了一下，他沒站穩，摔靠一邊的鏡子上。

「誰……誰……電梯……電梯……」對講機那頭雜音嚴重，甚至快聽不出來對方的聲音。

甩甩頭，聿按著鏡子站穩。

抬頭，他看見鏡子倒影中不知道第幾百個自己身後出現了一雙手。

「……！」

鏡子不可能「故障」！

眨眨眼，那雙手猛然消失，可是電梯開始又繼續往上升。

他看了一下樓層按鈕，最高到十五樓。

用力地閉起眼睛，旁邊的對講機已經不再傳出聲音了，整個電梯裡除了機械不停上升的聲音之外，什麼也聽不見。

他發不出聲音。

張開眼，他要冷靜想個辦法看看能不能離開電梯。

一張眼，聿也跟著傻了眼。

樓層指示燈上面出現了十六樓，然後繼續往上升。

啪的一聲，像是保險絲燒斷的聲音，電梯裡的燈全部熄滅，隨之點起的是黯淡黃色緊急用燈。

他靠在電梯門上，不敢有任何動作。

然後電梯停住了，停在二十六樓。

一滴水落在他的頭髮上。

聿聽見了一個聲音。

電梯外，一個小小的拍球聲。

2

他聽見某種聲音。

原本應該安靜的大樓裡出現了些微吵雜的聲音。

上午十一點整，嚴司靠在門邊，疑惑地看著時間，側耳聽到一些不該有的聲響。

「奇怪了，小聿不是說好十點半到？怎麼遲到這麼久？不會是塞車了吧。」反覆看著手錶，嚴司越想越覺得不對勁。如果是虞因就算了，他很能了解那傢伙會遲到，尤其是在聽虞夏說過他兒子怎樣怎樣愛玩，但是小聿和虞因是兩個相反的類型，應該不太可能吧……

正想回屋裡打通電話詢問時，樓梯處先傳來腳步聲。

「嚴先生！」匆匆爬樓梯上來的警衛喘著氣嚷道：「有一個不會講話的小孩子……是不是你朋友？」他靠在樓梯扶手邊擦著汗。

「紫色眼睛的？」瞇起眼，嚴司立即感覺到不對勁。

「對、對啦，就是那個小孩子，他被困在頂樓電梯裡半個多小時了，現在電梯公司的人正在想辦法撬開電梯。」警衛急忙說著。

「怎麼可能！」小聿坐到頂樓？

嚴司皺起眉，這才注意到旁邊的電梯果然沒有亮燈顯示。「你們怎麼不早說！快點打電話給消防隊！」喝了一聲，也不管有沒有嚇到警衛，他立即拔腿就往樓梯跑去。

眞的被他突然翻臉嚇了一大跳，警衛也連忙拿起手機撥了緊急電話。

快速往樓上奔去，嚴司沒注意到旁邊突然走出一個其他樓層的住戶，兩人硬生生撞在一起。「匡！」四周立即散了一地飲料瓶和寶特瓶。

「不好意思，您有沒有怎樣？」立即就站穩的嚴司出手扶住對方，然後把地上的瓶子收拾好，放回掉落一邊的袋子。

「沒事、沒事，走路小心一點。」那名住戶皺著眉拿回自己的東西，抱怨著走下樓。

意識到自己太過衝動了些，嚴司呼了口氣，這才注意到剛剛碰撞時候扭到手，「眞是莫名奇妙。」他總覺得從昨晚開始就事事不順。

爬上頂樓之後，發現那裡已經有好幾個穿著電梯公司制服的人試圖打開電梯門，可是只撬開了一點縫隙，幾個男人合力也很難再多打開些。

「先生，您是裡面受困者的……」見他走過來，其中一個工作人員立即將他攔下。

嚴司皺起眉，說：「他朋友，爲什麼困這麼久還沒有叫消防隊！」他注意到其中幾人動作生疏，看起來就不像會處理的人。

「這是我們公司的問題，驚動消防隊就會很難處理。」那名工作人員雖然還算有禮貌，但是言語間仍讓人感覺不太可親，冷冰冰而客套。

是怕警察來之後公司形象受損嗎？

「如果我朋友出事，你們要負起全責嗎！」嚴司直直盯著他。

「放心，我們公司善後處理服務很完善，請不用擔心。」維持著相同態度，那名工作人員說著：「請先生相信我們的專業，不好意思因為現在正在工作中，請您儘量不要影響到我們工作。」

「你覺得我在這邊妨礙到你們工作？」挑起眉，嚴司反倒勾起了冷淡的微笑：「我說，我還眞的很懷疑你們是專業電梯維修人員嗎，你們有沒有完整流程表？」

「請不要質疑我們的專業，若是您有懷疑，可以在一旁觀看。」那人說著說著也不太客氣起來，然後領著嚴司到電梯一邊等待，就是不讓他上前去妨礙作業。

在電梯前面的工作人員有四個，其中一個看起來應該眞的是老手，但另外三個看起來就很年輕且動作生疏。那名看來應該是老手的人在一旁指導著年輕的三人，而那三名實際動手撬電梯的青年已經忙得全身都是汗水，電梯門還是完全沒有反應。

「你們現在這些少年人眞是一點用都沒有！連個門都弄不好！」老手聲音逐漸大起來，見又忙了好一陣子還是打不開，他直接劈手拿過其中一人手上的工具。「給我站到旁邊看好！」

說完，那名老手立即手腳俐落地把架子搭好，然後工具嵌入將門左右一頂——約莫在出現十公分左右的縫口之後，門又卡住了。就像有人惡作劇似地，不管怎樣撬，電梯門死活就是不肯再多張開一點，讓那名老手的面子也漸漸掛不住了。

「有看到裡面的人了。」在旁邊觀察的新手這樣說著。

「狀況怎樣？」

「應該還沒有問題。」將臉貼近，那個人努力地往裡面看，然後試著交談：「小朋友，妳有沒有事？」

裡面一點聲音也沒有。

「怎樣？」嚴司搶上前來。

「有看見裡面的小朋友站著，應該沒事。」那個人這樣告訴他，然後又轉回對著電梯縫口說：「等等喔，大哥哥們馬上把妳救出來。」

都什麼時候了，還在哄小孩！

嚴司有種想要往那個新手腦袋上敲的衝動，裡面關的小聿根本不用這樣哄吧！

「再試一次！」指揮著其他人，老手不死心地又重新將器材插入，「媽的，幹這行這麼久，我就不相信一個電梯門可以卡多緊！」

又過了半晌，電梯門仍然文風不動。

「你們是打算在這邊開上一天嗎？」繃著臉，嚴司看著眼前這些人，已經開始有點不耐煩了：「動作這麼慢還說是專業，我看是專門口上作業吧。」

「喂！你啥都不懂就不要亂說！我們也很認眞要救人耶！」那名老手嗓門大了起來，因爲工作遲遲無法順利進展，態度也不怎麼友善。

嚴司伸出手：「拿來。」

「什、什麼東西拿去？」老手愣了一下，一時間反應不過來。

「你的吃飯工具拿來！」

氣勢壓不過對方，這次換成老手眼睜睜看著別人取走自己手上的工具。也不管其他人是怎樣看自己，嚴司把架子放好後，就和那老手剛剛的動作一樣，把撬門工具插入門間，然後深呼吸，猛然抬腳就往工具上用力踹下去。

整個電梯門狠狠地震動了。

幾秒後，電梯門居然眞的被撬開了。

當場，所有人都傻眼。

嚴司才不管他們要傻眼還是傻人，踢開工具大步直接走入開啓的電梯中。聿就坐在角落裡抱著身體，把頭埋在膝蓋之間。

「小聿！」嚴司立即伸出手抓住他的肩膀，一股寒意竄上他的手掌。

聿身上濕淋淋的，就像是被雨淋過一般。

紫色的眼睛緩緩抬起來，看著他，在那裡面看不見任何情緒，有點空洞，像是死寂了的黯淡寶石。

「沒事了，乖。」拍著他的頭，嚴司直接一把將他橫抱起來，同時也評估聿的狀況。

他狀況不太好，明顯已經有點失溫了，全身冰冷但是卻沒有顫抖，讓嚴司也覺得有點怪異，但是又說不出來是哪邊奇怪。正常來說只要是活人，在寒冷的狀況下，應該都會不自覺發抖才對……

還來不及深思，樓梯間傳出的巨響打斷他的猶疑，伴隨著許多腳步聲，是好幾個直接爬樓梯衝到頂樓的消防人員，「嚴、嚴先生！」領頭的人與嚴司有過幾次照面，馬上就認出嚴司。接著，他看見嚴司抱著的人與電梯的狀況，第一時間下了判斷。

「快送醫院！」

鬧哄哄地完全將剛剛還在努力的電梯公司人給擠開。

「嘖，居然眞的給那傢伙打開了。」瞪圓了眼看著電梯門，老手臭著一張臉將工具挪開，以免被別人踢到。然後，他注意到新人一臉驚恐地站在一旁瞪著電梯內，張大了嘴一句話吐不出來。「是怎樣！沒看過消防隊救人喔！」

被喝了一聲，那名新手才像是猛然回神一樣慢慢地轉過頭，看著嚴司抱人跟在消防人員後消失在樓梯下面。「不、不是……那個……怎麼是大人……」

「什麼大人？你剛剛不是有看過電梯裡面，還在那邊是大人。」老手一巴掌拍在他腦門後，粗聲說著：「看起來應該是高中生，你剛剛還用哄的，不知道現在高中生都不吃這套嗎？」現在空閒下來了才覺得奇怪，剛剛這傢伙根本是在哄小孩吧。

「不、不是他啊！」那名新手的嗓門猛然提高，「我剛剛看見的，是個小孩子啊！」

語一出，四周的人馬上轉頭過來看他。

「小王，你再講一次？」愣了一下，老手發問。

「我剛剛在電梯裡面看見的不是那個高中生。」用力吸了口氣，新手嚷了出來：「是個小朋友、小女孩！她還站在電梯裡面看我！」

那時候他在電梯門縫裡看見的是個很小的小孩，張大眼睛與他對看，所以他才會用哄小孩的語氣說話。

「我看見的不是大人，是個小女孩！」

□

這堆該死的臭小孩。

上午十一點二十分。

虞因看著眼前的一班小鬼，打從心底後悔起接下這個工作了。

「老師，請問你現在有沒有女朋友。」一邊剪紙，坐在最前排的某個乳臭未乾的小女生繼續舉手發問。

「沒有。」回答。

「爲什麼沒有？」追問。

「因爲不想交。」其實他想說的是，干妳屁事啊死小鬼！

「爲什麼不想交啊？我媽媽說，男人如果沒有女朋友，不是太差就是有問題。」天眞地重複阿母跟別人閒談的內容。

「……同學，妳問這個會不會太早了一點。」虞因停下手上的示範紙張，勾起商業用笑容說道：「還有，如果妳媽媽那麼喜歡男人交女朋友，可以回去叫妳爸爸再交一個。」

好！

他發言失當可不可以！

誰來把他開除吧！

一早兩節課下來，虞因唯一的衝動就是拿桶冷水潑這些小學生，看看他們會不會比較清醒一點。問東問西，問他祖宗十八代，還問他私生活，又問本來的美術老師是不是死到外星球才不想教他們……等等問題，讓虞因忍了一早上的神經線瀕臨繃斷的邊緣。

「老師，葉曉湘的媽媽有男朋友、爸爸有女朋友，這樣是不是沒問題！」另一個同學立即舉手問道，然後整個班級馬上哄堂大笑。

「你很笨耶，我媽媽說那個叫作藏女人跟偷男人，所以他們的小孩也不是好小孩！」

「對啊、對啊，搞不好葉曉湘以後也會偷男人喔！」

虞因皺起眉，到底是誰這樣教小孩子說話啊。「夠了，全部給我安靜。」他深深體會到什麼叫作良好的教育要從小開始，不然像現在這樣，小孩子就像反射大人與社會的一面鏡子，光看就知道現在外面世界怎樣了。如果他以後有小孩，敢這樣說話，他絕對會掐死孩子，然後讓孩子重新投胎。「你們在說哪一個葉曉湘？」翻了一下點名簿，他今天本來打算快下課時再來點名的。

「葉曉湘今天沒來，她已經請好幾天病假了。」一個男孩舉手回答，然後指著最後靠窗的空位，位置上被人丟了抹布和撕破的課本。

「誰把抹布和課本丟上去的，去拿下來！」看著早上才收拾過的桌面，虞因打從心底不高興了起來。

全班沒有一個人說話。幾名學生你看我我看你，就是沒人要去把那張桌子整理乾淨。

「你們班是怎麼回事啊？幫同學清個桌面有這麼難嗎？」他不懂，現在的小孩子究竟在想什麼。

一個學生舉手，「老師，我們不想跟葉曉湘一國，所以叫她回來自己清。」

「對啊、對啊……」

「我也不想幫她清桌子。」

「我才不要跟她一國……」

真的有點受不了這班小鬼，虞因隨便點了兩個離講台比較近的學生，「你們兩個去把那張桌子整理一下。」

那兩個學生放下手上的剪刀，露出了倒楣透頂的表情，支支吾吾地就是不太想站起身。

「快去，不然外面罰站喔！」

兩個學生害怕地看著他。

剛剛問他祖宗十八代的那個女生又舉手了。「老師，我媽媽說，現在老師不能叫學生罰站，不然她要叫人來罵老師喔。」

他想掐死這幾個小孩。

虞因突然體會到老師眞的是種非常辛苦的職業。

該死，如果他畢業以後選教職，就是他腦殘！

老師眞偉大。沒有別的話可以傳達他現在心中對老師的崇拜。

看了一下手錶，再十分鐘就要下課了，虞因要自己先忍住。「算了，不清就不清，那下次老師就不教你們更好玩的東西了。」他在剛剛的紙上剪了最後一刀，把紙團一轉，立即出現精巧玲瓏的剪花紙球。

幾個小女生看見漂亮的東西都叫了起來。

「老師，別這樣啦，你下次要教什麼？」

「你們又不聽老師話，老師幹嘛教你們好玩的東西，下次大家帶色紙和漿糊來上課，全部給我貼四開的紙畫。」虞因話一出，幾乎全班哀嚎。

「班長，你去清啦。」好幾個學生紛紛看著一個比較清秀的男孩子嚷起來。

虞因看了一下點名簿，班長季佑胤，是這個年級的資優生。

於是在同學的哀嚎下，那個男孩子放下手上的剪刀，默默站起身走過去整理那張桌子。

「老師，班長清了，那下星期可不可以教比較好玩的東西？」幾十雙眼睛巴巴地望著虞因，開始撒嬌。

看了一眼正默默在擦拭桌子的男孩，虞因嘆了口氣，「好吧，下週大家帶剪刀、小刀跟保麗龍膠過來，如果有尖嘴鉗也一起帶過來，老師教你們做風鈴。」他原本就是排定要教這群小鬼這個當紀念，剛剛只是隨便唬唬而已。

不過如果太欠扁，他真的會讓他們最後兩週貼紙圖貼到死。

整班小鬼發出歡呼。

越過層層小鬼座位，虞因看著那個用心在整理空位的男孩，他還順便拿了膠帶仔細地把被撕破的簿子貼好，才小心翼翼地放回抽屜裡面。

看來這班小鬼也不是全都欠扁。

就在要收回視線那一秒，虞因突然看見窗戶外有一對眼睛，貼著玻璃正盯著那個男孩和空位。

因爲窗戶玻璃是毛玻璃，他看不清那是誰。

只是那雙眼特別明顯，明顯得幾乎連眼睛中的血絲都可以看得一清二楚。

那雙眼睛狠狠瞪著正在整理桌子的男孩。

像是快滴出血一般。

「季佑胤！」虞因喊了聲，那個正在整理抽屜的男孩抬起頭。

窗邊的眼睛在那瞬間同時消失不見。

「老師，有事嗎？」男孩疑惑地問著，全班也都突然轉頭過去盯著他。

「沒、沒事，等等下課後過來找老師一下，老師有事情要交代。」隨便扯了個藉口丟給小男生，虞因探頭看了看那片玻璃，上面什麼也沒有，只有樹蔭微微搖晃的投影。

「好。」點點頭，男孩繼續認眞地整理桌面。

剛剛那個是什麼？

就在虞因疑惑要細想的同時，下課鐘猛然響起，整個校園迴盪著音樂的聲響。

「下課，不用敬禮了。」知道他們急著吃午餐，然後去玩和午睡，虞因直接打發了所有小鬼，然後拿了自己帶來的東西，整理好就要走出教室。

只是沒走幾步，改成震動的手機突然在他口袋晃動不止。

「喂？找誰？」沒有來電顯示，虞因很直接地劈頭直問，電話那頭的話讓他逐漸皺起眉，「哪邊？好，我處理完學校事情馬上過去。」

匆匆掛掉電話，他把手機收回口袋。

抽回手的瞬間，虞因挑起眉。

他的衣服下襬不知什麼時候染上了一大片水痕。

講台會漏水嗎？

「老師。」正在疑惑之際，剛剛那個男孩走了出來，「請問有什麼事情要轉告同學嗎？」

立即回過神，虞因順手抄了便條下來遞給他，「這是剛剛講的材料，你下星期上課前一天或前兩天再提醒一下同學。」

「好。」男孩點點頭。

「對了，如果有事情的話可以……」

「如果班上有事情的話，我會請媽媽聯絡老師的。」就在虞因想抄手機時，男孩先一步開口。

「你媽媽？」

點點頭，身為班長的男孩仰頭看著他，「我媽媽就是齊老師。」

齊老師的兒子？

愣了一下，虞因很快就明白過來。

將小孩放在自己的班上並不是什麼罕見的事情，他也遇過好幾個，只是沒想到原來齊老師已經結婚了啊……

真是人不可貌相。

「好，那就這樣。」拍拍男孩的肩膀，虞因很快地說著，「我還有點事，先走人了，下星期見了。」

男孩微微頷了首，「老師再見。」

就在虞因跨步的同時，不曉得是不是錯覺。

他似乎聽見水的聲音。

□

他聽見水的聲音。

下午一點三十分。

聿幽幽地醒轉。

他嗅到甜甜的味道和很像水果的香味。

「小聿，你醒了嗎？」

眨眨眼，聽見聲音之後，他立即翻起身，這才看清楚自己躺在一張軟綿綿的大床上，四周是陌生的擺飾，大大的房間裡只有一張床、一個櫃子，和一盞床頭燈，簡單到不行，而床底下還散落了好幾本書籍和公文夾。

他抬頭，看見嚴司帶著笑靠在門邊，「有沒有感覺哪邊不舒服？」他走過來，在床邊坐下。

疑惑地看著對方，聿搖搖頭，正想爬下床時，才注意到左手腕上貼著紗布。

「你記不記得你被困在電梯裡面，被救出來就昏倒了？」嚴司摸摸他的額，然後放下手說著：「剛剛救護車送你到醫院打了點滴，檢查過後沒事，我就先把你帶回我家休息了，有沒有印象？」

看著手上的紗布，聿仍是搖搖頭。

被困在電梯裡？

他？

「全都不記得了？」拿了筆記本跟筆給他，嚴司皺起眉：「你到了大廈之後，不知道怎麼坐電梯到頂樓，結果電梯故障，你困在裡面將近一小時，全都不記得了嗎？」

眨眨眼，聿偏著頭想了好一會兒，然後提筆在本子上慢慢寫下了字：「全部不知道。我被困在電梯裡嗎？」他一點印象都沒有，只是……「我的頭、很痛。」

他伸手揉揉自己的頭。

嚴司看了上面的字，「頭痛？」然後他拉下聿的手，在那附近輕壓幾下，發現了一個不小的腫包，「你大概撞到東西了，休息幾天就會好了。」

乖順地點點頭，聿拉開被子想下床，又發現自己身上的衣服和他來時穿的不一樣。大大垮垮的襯衫和七分褲，看起來反而比較像嚴司的。

「剛剛你身上的衣服不曉得爲什麼全都濕了，所以我幫你先換了我的衣服，你的我丟去洗衣機洗，等等烘乾就可以穿回家了。」問不出個所以然，嚴司只好暫時先放棄，然後扶著聿走出房間，「我準備了小蛋糕跟水果茶，你在這邊休息一下，吃點東西恢復體力吧。」

他敢肯定，等等一定會有人殺過來宰他。

虞家三父子任選其一。

客廳挺大，大概可以小跑幾圈不是問題。

聿走了房間，聿環顧了整間屋子，家具和臥房裡一樣挺簡單的，一套L型的沙發椅、桌子，加上電視櫃和電視，遠一點靠牆擺著兩台小冰箱，旁邊陽台上放了幾盆花葉，其他部分就和臥房一樣到處散了書籍和公文資料。

在沙發上坐下，他盯著眼前的牆壁，似乎才重新粉刷過，還可以聞到些油漆的臭味，明顯是最近才塗上的。

端來水果茶放在桌上，嚴司同樣注意到他的視線，「那個喔，昨天晚上我家居然漏水，整片牆壁都是水痕什麼的，還好房東先生很好心地連夜過來幫我整理牆壁。」他勾起一抹詭異的笑容。

眞的是好心趕過來嗎？

看著他古怪的微笑，聿沒打算發問。

「這個小蛋糕很好吃耶，我今天一大早去排了一個小時隊才買到的。」把桌上一大盤精緻小蛋糕推過來，嚴司興高采烈地說著：「水果茶也是新鮮做的喔，小聿你要好好品嘗，我平常可不隨便招待客人的。」

拿起巴掌大的蛋糕杯，聿看著裝飾很討喜的精緻蛋糕，小小地咬了口。甜甜的香氣馬上充滿了整個鼻腔，糖霜入口即化，散出清爽卻不甜膩的味道。

「怎樣？很不錯吧。」盯著他的表情，嚴司咧了嘴笑，「這家我很推薦，限量而且很新鮮，用料非常實在。」

點點頭，很喜歡蛋糕口味的聿用緩慢的速度開始吃。

「對了，你的公文安全送到我手上囉，謝謝你跑這一趟。」自己沖了熱咖啡放在旁邊，嚴司拿了塊蛋糕咬了一大口，一邊說道。

聿看了他好一會兒，點點頭，才繼續慢慢吃著他那盤蛋糕。

就在兩人安靜地各自吃著時，掛在玄關處的門鈴突然大肆響起來。

「來了。」嚴司快步跑去開門。

外面，站著接到電話匆匆趕來的虞因，「聿現在怎樣？」他一整理完上課的教材工具就馬上飆車衝到這裡，還闖了一個紅燈外加超速，也不知道有沒有被開單。

「很好啦，別忘記我職業是啥好嗎，被圍毆的同學。」嚴司招呼他先進門。

「你的職業是驗屍。」虞因白了他一眼，進門脫了鞋子，擔心得想先看看傷患的狀況。

「還兼職醫生好嗎。」跟在他後面走進大廳，嚴司很不滿地自我註解。

虞因在大廳口停了下來，疑惑地轉過頭。

「怎麼了？」看他突然停下腳步，嚴司也跟著停下來。

指指客廳裡面的沙發方向，虞因放低音量，微帶責怪地瞄了他一眼，「你有客人也不說一下，害我大小聲地喊進來。」

「客人？」

嚴司眨眨眼睛，不懂。

「坐在沙發上那個小女生不是你的客人嗎？」

小女生？

嚴司轉過頭看向客廳。

良久，他又轉回來，用一種不太確定的疑惑語氣看著對方，「被圍毆的同學，你……眼抽筋嗎？」

「誰眼睛抽筋！」虞因瞪了他一眼，不過再看過之後，自己卻也愣住了。

沙發上除了聿之外，沒有其他人。

奇怪……是他看錯了嗎？

等等，該不會又遇到那種不該看的東西了吧？

可是爲什麼嚴司的家裡會有？

該不會這傢伙也幹了什麼事情吧……

「你啊，先進去吧，被圍毆的同學。」推著他走入客廳，嚴司轉身往廚房走去，「你喝什麼飲料？果汁好嗎？還是要氣泡飲料？」

「都可以，謝謝。」放下背包在一邊的櫃子上，虞因一邊往內走，然後左右打量整個房子，感覺上就是還挺不錯的住所，但是並沒有他經常在那種地方會產生的詭異感。

所以剛剛那個只是路過的嗎？

在沙發上的聿放下手中的食物，眨眨紫色的眼睛望著他。

虞因暫時拋開腦袋裡的想法，而在他旁邊坐下，「你還好吧？」左看右看，看起來好像沒什麼差別。「為什麼被困在電梯裡？」

盯著他半晌，聿想伸手去拿筆記本，遲疑了數秒之後又縮回手，抿著嘴什麼也不表示。

「為什麼不想說？」注意到他不自然的反應，虞因皺起眉詢問。

靜默。

「是不是有什麼不能說的事情？」

半晌，聿仍然什麼也沒有告訴他。

這反而讓虞因覺得奇怪了，他總覺得聿的態度不像是沒必要說，倒像是有什麼想說，但是卻不能說的樣子。

為什麼？

「你……」

「被圍毆的同學，小聿對於電梯的事什麼都不記得了，你要他從哪邊說啊。」端著果汁茶水從廚房走出來，就聽見單方面的問話，嚴司把東西擺上桌，這樣告訴他：「而我也只知道他被困了快一個小時，救出來之後全身都濕了這樣而已。」

「濕？」虞因瞇起眼。

「感覺上很像是自來水。」可是電梯裡怎麼會有自來水呢？嚴司對這件事也感到百思不解。若是說電梯漏水也太過牽強，不過說到水的話，倒是讓他想起另一件事情，「對了，被圍毆的同學，我家昨天晚上鬧鬼。」

正想拿起果汁喝一口的虞因停下動作，「鬧鬼？」他還以爲嚴司不怕鬼咧……

「對啊，聽說你對這方面有點研究，所以我把狀況拍下來給你看了。」從桌底下拿出一台數位相機遞過去，嚴司聳聳肩。

「並沒有什麼研究。」接過相機，虞因打開電源，顯示在螢幕上的是一面牆，照位置和擺飾來看，這面牆現在就在他的正前方。

第一眼就吸引他注意的不是牆，而是牆上的圖案。

那是一張臉，一張女人猙獰的臉。

他更正，嚴司還眞是不怕死。

一般人看見這種畫面應該尖叫著逃出去了吧？

「房東來粉刷之前拍的，我的拍照技術還不錯吧。」指著那面已經粉刷完畢還沒乾的牆，嚴司說著。

「你喜歡拍照啊……」看著清晰的照片，上面的人臉一直給虞因一種很詭異的感覺，也說不上來是怎麼回事，總之就是挺怪的。

他不是沒有看過靈異相片，相反的，因爲同學、好友知道他有時候會看見奇怪的東西，反而到處找來亂七八糟的相片給他看、問他眞假。

但是，這張相片就是讓他有種說不上來的感覺。

「對啊，哪天要不要一起出去讓我拍看看。」坐在另一端的位置上，嚴司捧著咖啡杯微笑說著，「以前那邊工作室的朋友都說我拍屍體拍得不錯，角度抓得很好也很清晰，比起那些現場拍照人員強很多。」

「……不用了，謝謝。」虞因想也不想地直接回絕。

「嘖。」

無視於他的惋惜，虞因把那張相片反覆端詳了幾次之後，才遞還給原主，「鬧鬼的房子你還住得下去？」他居然只用粉刷就想假裝什麼都沒發生過嗎？

「為什麼住不下去。」被問得莫名其妙的嚴司挑挑眉回答：「這裡是我家，應該是它滾出去吧。」地盤是他的，房子也是他的，沒有理由滾出去的是他，應該是後到的那個吧。

好，好樣的。

虞因打從心底佩服這位不知道是少條神經還是沒踢過鐵板的法醫。他打賭嚴司如果不是煞氣重就是八字重，否則幹這行這麼久，沒理由還能保持「我是老大，晚來都給我去死」的這種態度。

「我對這個也不是很有研究，你要不要拿去問問大爸，看看最近有沒有長這樣的死者還是失蹤人口，搞不好是專門來找你幫忙的。」想來想去，虞因只能想到這個解釋。

「找我幫忙幹嘛，我又不是通靈人士，跑錯門了吧。」完全不曉得要從何幫起的嚴司皺起眉，打從心底覺得牆上的人臉跑錯家了。

該不會其實是要在他樓上那間顯靈，結果不小心掉下來，才走錯到他家吧？

「……我想應該沒有跑錯吧。」拿起未喝的飲料，虞因不知道是該笑還是該說點什麼。不過，反正屋主自己不覺得怎樣的話，他也不好多說些什麼。搖晃著杯子，他倒是想到另外一件事。「不是電視上常常演那種要伸冤找法醫的情節，有沒有，然後你就要像無敵法醫一樣接下這個任務，順利破案，幫他揪出凶手，他會保佑你以後平安順利。」

「被圍毆的同學，你是電視看太多還是電腦中毒啊？還法醫破案咧，你想害我撈過界，被你阿爸罵假的嗎。」他才不想跟那個虞夏作對，要知道，他才來短短一個月，就在局裡聽過虞夏的眾多事蹟，還眞是有夠可怕的可怕。

「開玩笑的咩。」經常撈過界的虞因很能明白他的想法。

看著那張相片，嚴司想了半晌，「對了，如果撇開它是漏水圖不說的話，按照上面的圖案來看，這還眞像已經發脹的屍體。」

黑線從虞因腦後落下。

總之，還是把東西吃一吃趕快回去好了。他可不想讓聿在這邊被怪人影響，不然回去會有人教訓他。

端起果汁，虞因也沒注意看，就直接一大口往嘴裡灌下。

那瞬間，他只感覺到一股強烈的腥臭味襲來，然後往喉嚨鑽去，臭氣讓他整個人猛然發暈，眼前接著是一片強烈的黑眩。

「嘔——！」

正在研究相片中的臉像哪種死法的嚴司，猛地被嘔吐聲嚇了一大跳。

轉過頭去，就看見虞因整個人臉色發白地彎著身體，地上吐了一地剛剛喝下去的果汁。

旁邊的聿同樣也嚇到了，連忙又拉又扶地就把虞因往廁所拖去。

疑惑地跟過去，嚴司就看見聿把人往廁所一推，站在門外不敢進去。

裡面的虞因大吐特吐，像是要把胃酸都給吐出來似的。

「被圍毆的同學，你來這邊的路上是不是吃什麼東西食物中毒啊？」跟著陪站在門外，嚴司涼涼地拋了一個問題過去。

然後他得到的回答是一記中指和甩上的廁所門。

「嘖，脾氣眞差。」聳聳肩，一轉頭就看見聿已經拿了抹布要去清理地板，「小聿，沒關係，放著等等我自己整理就可以了。」

仔細看才注意到，虞因哪裡不好吐，居然吐在他的裝飾地毯上，白色的毛地毯塌了一角，看起來就像下過雨的稻田。

聿蹲在方地毯旁邊，正猶豫不知道從何下手。

「這個要送洗了，我等等叫人過來收就好了。」把桌子移開，將四方型的小地毯捲起來，嚴司這樣說著，「沒關係，反正昨天漏水也不知道有沒有沾濕，遲早都該洗了。」他本來準備晚一點等客人都離開之後再來整理，沒想到要提前就是了。

看了他好一會兒，聿才站起身。

「不是你的錯，沒關係。」伸手拍拍他的頭，嚴司很爽朗地笑了笑。

相較於外面兩人的和樂融融，在廁所吐得亂七八糟的虞因自然就沒那麼好過。

那個突來的臭味讓他整個人都暈眩了，反胃到了最高點。

差不多把胃酸都吐乾淨之後，虞因沖了水，很悲慘地趴在洗手台上，開始回想今天吃了什麼東西會讓他吃到食物中毒。

應該不可能是剛剛的果汁飲料，因爲他還有嗅到新鮮果汁的味道，而且就算果汁中毒，也不會這麼快就發作。

大爸的早餐，不可能啊……要是他的食物吃了會中毒，那外面大概也沒新鮮的東西了。

那就是剛剛在學校辦公室一個老師送給他的點心囉？

可是那個點心上面還標明著今天出爐，而且天氣也不很熱，又放在冰箱，應該不會壞掉才對……究竟是哪個東西有問題啊？

還是今天有喝過什麼？

而且，剛剛那個突來的臭味又是怎麼回事？

轉開水龍頭，正想掬水漱口洗臉一下，虞因只聽到幾個空洞的聲音，然後往下看，居然連一滴水都沒有。

「不是吧……」有必要這樣整他嗎？

就在他想先向外面喊一下時，虞因在抬頭看見鏡子的瞬間愣住。

鏡子靜靜地映出，一個小女孩站在他身後，低垂著頭、木無表情。女孩的衣服很眼熟，感覺好像在哪邊看過……

才想回過頭，虞因先聽見水龍頭傳來咕嚕咕嚕的水聲，下意識就往下看，奇異的紅褐色液體就源源不絕地竄出水龍頭，不停在洗手槽中打圈。

他嗅到腐爛的惡臭。

不用多久，整間浴室充滿了令人作嘔的氣味。

皺起眉，虞因掩住鼻子，抬眼，鏡子裡在自己身後的女孩已經不見。一滴紅褐色的水畫過鏡面，將光滑的倒影分爲兩半。

水？

虞因倒退兩步，一滴紅褐色的水正好從上滴落，啪答一聲跌在剛剛他所站的地方。

他仰頭，看見浴室的天花板開始一點一點地滲透出紅褐色的水，一滴一滴地像是下起雨般不斷往下墜。原本米黃色的隔板慢慢被濕氣顏色染透，出現一處一處看來詭異的紅斑。

就在虞因覺得這次會完蛋的時候，身後的門猛然傳來巨大的敲擊聲，咚咚咚地像是催促，也敲回他的神智。

「被圍毆的同學，你還好吧！」

隔了一扇門，他聽見聲音。

「快開門！」回頭，虞因急忙轉動了門把，明明就沒有上鎖，但是卻無法打開門，「我這邊打不開。」

門的另一方像是也聽見了他的聲音，把手立即跟著轉動起來。

正想一把推開門，可是手上傳來的震動讓虞因停下了動作。

門把被對方劇烈地轉動，像是要將它給拽下來似的，巨大的聲響在浴室中迴盪，像是連門都要給震下來一般。

看著不斷轉動的把手，虞因倒退了兩步。

嚴司不可能這樣開門。

「被圍毆的同學，你還好吧！」

那個聲音還在重複，像是完全沒有聽見他適才的回話。「還好吧！」

他現在很確定，那一定不是他認識的人。

瞬間，他明白外面的是什麼東西了。

「你是誰？」

輕聲一問，門把的轉動乍然停止，四周忽地一片寧靜，彷彿剛剛的騷動完全不存在。

只聽見了水滴的聲音。

然後，門開了。

浴室的門咿啞地慢慢推動著，一點一點地，打開。

門外不是方才自己走進來的客廳，是一片油漆粉刷過的地面，地面上有長時間積出的水黃痕跡，四周黑黑暗暗的，空氣中帶有某種詭異的濕氣臭味。

這是什麼地方？

有種奇怪的機器聲像是從遙遠的地方傳來，悶悶的，很耳熟。他似乎在哪邊聽過類似的聲音，而且並不陌生。

咚咚咚的聲音從門外傳來，不遠處有著球落地彈起的規律聲響，但卻沒有看見任何人。

「你是誰？」仍舊站在原地，虞因自然不會笨到直接走出浴室範圍，要是等等像鬼片演的一樣，一踏出去就直接摔死，不就太划不來了。

然後，聲音靜止了。

那是一片讓人窒息的沉靜，像是石子落到水中沉默墜下，再也無法回首望見光明。

一個人也沒有。

不知道經過多久的時間，虞因只覺得冷汗滑落背脊，實在是太安靜了，靜得連自己的呼吸聲、血流聲都聽得清清楚楚。

就在他想看看手錶的時間時，門突然慢慢移動，咿啞聲緩慢傳來，然後門逐漸關上，就像它從來沒有開過一樣。

他不懂來者的用意，也不知道這代表什麼。

就在浴室門完全關上之後，虞因感覺到一道冰冷的視線從下方望來。

低頭，一雙眼睛就在門下的通風口，狠狠地往內瞪著。

在他還來不及回應時，猛地又傳來了敲門聲。

還沒反應過來，虞因見到眼前的門霍然砰地打開，外面哪裡還有什麼粉刷過的地面，已經變回嚴司家的地板，四周響起了聲音，是窗外的風響。

「被圍毆的同學，我還以爲你昏倒在裡面了。」晃著手上的房間鑰匙串，嚴司靠在門邊上下打量著整間浴室，「……不是吧，你可以吐到整間都花嗎？」

被他這樣一說，回過神的虞因連忙轉身一看。

浴室裡的紅斑還在，還像是形成了一張臉。

那張臉就和剛剛在數位相機中看見的幾乎相同。

「誰吐到整間花。」被他這樣一說，虞因才想起來要漱口的事情，可是浴室他也待不下去了，就轉身去拿了背包裡的礦泉水走到廚房。

看著浴室牆面形成的面孔，嚴司皺起眉，「又是這玩意，不知道強酸洗不洗得掉。」還好浴室用的是瓷磚不是油漆，不然那個房東被叫來又會哭了。

「強酸是洗馬桶的吧？」把空瓶子往回收桶一拋，虞因走出來看看浴室的紅斑人臉，想起剛剛見到的那雙眼睛，可是不曉得爲什麼總覺得兩樣東西搭不起來。

那雙眼睛看起來不像這張臉的眼，小小的，不是大人。

「這是女人的臉。」嚴司踏進浴室仔細研究了半晌，「有點浮腫腐敗，看樣子應該是泡在水裡很久了，如果要打個比方，有點像是泡水屍。」

「最近有什麼案子是浮水屍的嗎？」站在浴室門口，虞因疑惑地跟著詢問。

「沒有，至少我手上沒有。」聳聳肩，很快把最近所有案子都在腦中快速回想過一次之後，嚴司相當肯定地回答。

「那就奇怪了……」

在兩人一前一後離開浴室時，只剩聿一人的客廳傳來了電視的聲響。

「新聞快報，今日早晨三點在台中市發現一具無頭女屍，根據現場勘驗……」

!?

聽見陌生又熟悉的聲音，虞因立即衝到客廳。

不知道什麼時候轉開電視的聿，坐在電視前面盯著新聞報導，像是一點都沒有被剛剛的騷動驚擾一般。

電視仍然持續在播報著：「根據現場勘驗並無任何打鬥痕跡，警方初步判定這並非命案第一現場，詳情如何，請待現場記者報導……」

聿轉回過頭看著他。

「無頭命案?奇怪了，三點的事怎麼現在才在電視播報?」跟著站在電視前的嚴司支著下巴，有點不解，「而且我也沒收到消息，看地點應該距離這邊不遠……」通常鄰近一帶的警方人員都會互通消息，所以很容易就可以聽到風聲，但是他卻對這則新聞感到陌生。

聽見他自言自語，虞因立即回過頭，「你也看見新聞了?」

不知道他為什麼這樣問，嚴司點點頭：「當然看見了啊，不然現在電視上在播什麼啊，

『神奇寶貝可愛大作戰』嗎？」

不理會對方多餘的話，虞因很快就沉浸在自己的思緒中。

既然嚴司都看見了，那表示這則新聞是真實的。

真的發生無頭命案了？

「這個有辦法調到檔案看嗎？」電視上記者正在自行分析現場，被訪問的警方只能無可奉告，虞因看著那片混亂，突然興起了這念頭。

「應該借得到，他報導的那區就在隔壁而已，那邊的警察跟我們也都有交情。不過話說回來，你想看檔案幹嘛？」挑眉，嚴司盯著兩個朝他張大眼的小孩。

「好奇。」虞因代表回答。

「好你個頭，小朋友們，這種事情不能隨便亂玩的，當心殺人案的凶手直接找上你們，沒事的話就不要好奇心太過。」直接伸手把電視轉台，上面立即換成了一排青蛙正在跳舞的畫面，「卡通片多看一點，保持心靈純真吧。」

「沒興趣。」站起身，虞因拍拍身上的灰塵，然後看了一下手錶，「糟糕，時間不早了，我還要回去幫同學整理筆記。」

「喔？兼外差啊？」突然感受到某種年輕回憶的嚴司勾起詭異的笑容：「一本多少。」

「才不跟你講，我要存錢買東西。」回了個鬼臉，虞因拉著聿就直接往門外跑。

「等等，把點心打包回去吃吧。」很快把東西裝盒，再把烘乾的衣服裝進袋子裡，嚴司立即追上去，「小聿，衣服下次再還我就行了。」

接過袋子，聿朝他點點頭。

「路上小心。」

□

出了門之後，原本想搭電梯下樓。不過，看見電梯上掛著維修中的牌子，虞因立即打消念頭，反正在三樓而已，走樓梯也成。

「你晚餐想吃什麼嗎？」拉著聿往樓下走，虞因邊說邊回頭問著。

紫色的眼睛看著他，沒有特別的反應。

聳聳肩，幾乎已習慣他這種反應的虞因就自己做決定，「帶你去吃好料的，反正大爸今天一定也很晚才回來。」

沒有抗議也沒有表示什麼，聿就乖乖地跟著他下樓。

就在要離開大樓時，有點匆忙的腳步聲在兩人身後響起。

是個住戶，手上掛著裝了回收空瓶的袋子，要往垃圾場去。

「咦？你們是新搬來的？」那人停了腳步，像是閒聊一樣問著。

「不是，來找朋友。」虞因咧了笑，「大叔，你也住這啊？」

這男子大約四十歲上下，外表就像是普通公務員，有點畏縮的笑容，但並不讓人反感。

「嗯，住七樓，敝姓葉，葉立升。」男子微微笑著，看起來似乎也挺好相處的。

葉？

好像有什麼閃過虞因腦袋，可又捉不住那思緒，「你好，我姓虞，虞因，這是我弟弟，我們是三樓嚴先生的朋友。」

「喔，新搬來那位嚴先生，剛剛我們才在樓梯間碰過面。」點點頭表示知道，葉立升下意識看了大樓一眼：「有空多多來玩，這邊住戶人都挺不錯的，很好相處。」

「好，謝謝葉大叔。」先道了謝，虞因讓開了路讓對方先走。

提著空瓶，男子朝兩人點點頭之後就逕行離去。

那人一走，虞因又像是聽見了小小的拍球聲響，但是眨眼即逝，快得讓他覺得應該是自己的錯覺。

旁邊的聿走過來，拉住他的背包。

「怎麼了？」注意到他的表情帶著微微的困窘，虞因轉過身問。

搖搖頭，聿推著他往外走去。

不了解他想做什麼，虞因只好先走出大樓，領著人過馬路，到了停摩托車的地方。

回頭看看矗立的大樓好半晌，聿才拿出了筆記本寫下了幾個字，翻開放在虞因面前。

「你在電梯溺水？」虞因一看見筆記本上的字，聲音也不自覺地提高了，「聿，這個笑話不好笑。」

嚴司說聿從電梯裡救出來時是全身濕的，可是電梯裡怎麼可能溺水？難不成是直達游泳池嗎？

不好笑。

紫色的眼眸很認真地望著他，不太像是在開玩笑，然後聿收回了筆記本，又在上面寫了幾個字遞過去，「我……忘了，只記得都是水，呼吸很困難，就昏了。」

看他態度很認真，虞因皺起眉，「我很想相信你的話，可是在電梯裡溺水……太奇怪了，那溺水之前的事情，你還記得嗎？」

聿搖搖頭。

「只記得溺水的事情？」

這次換成點頭了。

溺水？

「奇怪，怎麼好像都跟水脫不了關係？」把剛剛在浴室的事情也描述了一次給他聽，虞因起了疑心。

太巧了吧。

嚴司家漏水，聿在電梯溺水，接著他在浴室也碰到奇怪的水。感覺上好像有著什麼關聯，可是又完全連不起來。

就在他思考時，旁邊的聿突然抬起自己的手不知道在看什麼。

注意力被他拉過去，虞因好奇地拉過他的袖子來看，「你的袖子什麼時候弄濕的？」一整片都濕透了，像是被水沖過一樣。

聿搖搖頭，表示自己也不知道。

「大概是不小心沾到什麼了吧，等等回家洗一洗再還給他。」不太在意那個水痕，虞因抽了鑰匙彎身開大鎖，拋了頂安全帽過去給聿，說：「先去買晚餐吧。」

戴妥了安全帽之後，聿爬上摩托車的後座。

「我今天超慘的，沒想到最近的小鬼難教得跟鬼一樣。」發動了車，虞因轉了話題，不想繼續在電梯還是水上面打轉，接著就抱怨起來了，「乾脆下一次上課你來當我的助手吧，我就不信那堆小鬼可以問你問出個什麼花樣來！」

後座沒有反應。

「你有沒有在聽啊你。」

轉過頭，看見那顆戴著安全帽的腦袋靠在他背後，瞇眼快睡著的樣子。

「信不信我拿外套把你綁在車上用一百五去兜風！」

4

當然，最後虞因沒有得逞。

就在拜訪過嚴司隔日，又開始了新的一天的早晨。

「眞煩，解決一個又是一個。」

大清早的，虞家四人仍然像以往一般聚在餐桌前用餐，接著有人發出了抱怨。

一早，虞夏的臉色就特別不好，感覺像是被人欠了幾百萬的樣子，就連虞佟也沒有過去隨便招惹他。

「對了，阿因，這是你向阿司借的東西，他昨晚託我拿給你，不過回來時你已經睡了，所以就沒先給你了。」拿起一包公文袋遞過去，臉色和雙生兄弟完全相反的虞佟微微笑著說：「你跟阿司借了什麼？」

「喔，就一些參考資料。」上次山貓的事情後來被二爸痛批了一頓，虞因沒敢直接說是什麼，就先把公文袋收好。「那個學校最近要考英文，我想他好歹是醫學院畢業的，會比較清楚，所以問他借了一些參考資料……」

要是二爸知道他借了無頭女屍的資料，大概、鐵定會給他好看。

「要考試了怎麼不見你在唸書？」虞佟勾起眉，「這一陣子學校也開始考試了嗎？」

當然是還沒啊！

「耶……老師出的一些小考而已，不要緊張。」虞因連忙補充著。

他家大爸露出一種很懷疑的表情看著他。

「對了，二爸你剛剛說什麼東西解決一個又是一個？」轉移話題、轉移話題，別讓他們對資料起興趣。

虞夏看了他一眼，哼了哼，「台中市的無頭命案。」

「欸？那是你負責的區域嗎？」跨區？

「在無頭女屍身邊找到一些東西是我們這邊管區的，所以台中市……其實應該說台中縣負責的偵查組申請了跨區合作幫忙，剛好你二爸解決了上個月的那件案子之後，暫時比較有餘裕，就派他去支援了。」虞佟心情很好地代客說明。

這麼巧？

其實想想也還好啦，不過就是跨一區而已，上回大爸也從中市跨到東部去，流放了半個多月才回來，這次還算小意思了。

「兩地開車來回要一個多小時！」虞夏的臉很臭，一想到要把車開到郊外繞來繞去又要爬坡，就感覺很麻煩。

「當做運動嘛，而且到處逛逛不是也很好嗎。」接過湯碗，虞因勾了笑，說道。

「無聊。」通常派去支援都沒什麼好事，虞夏突然覺得他應該找一個替死鬼代替自己過去才對。

對了，就隨便找個菜鳥去受死好了……

「阿因，你下週還要去學校上課對不對？」無視於雙胞胎兄弟臉上出現的邪惡表情，虞佟逕自優雅用著餐。

「嗯，對啊。」瞄了一眼旁邊完全沒反應的聿，虞因點點頭說著，「想叫聿去幫忙，那群小鬼真不是普通欠扁，讓他們轉移一下注意力。」而且他再來要給他們做比較複雜的東西，不多個人幫忙他會掛。

「小聿如果不反對，就隨便你們。」頓了頓，虞佟接著說道：「我想請你幫我注意一下你們班，有一個叫作葉曉湘的女孩子。」

葉曉湘？

「啊，我知道。」可是沒見過就是了。

「聽說她已經失蹤快一週了，學校導師打電話去家裡時聯絡不上家長，也找不到親戚，所以到警局備案。我看了上面登記是你打工的學校，所以你留意看看有沒有什麼不對勁的地方。」主要工作還是行政的虞佟停下了手邊的動作，瞇起眼想了半晌：「對了，還有一個人也該留意一下了……」

久久，他沒繼續做聲，虞因知道接下來的就不用再問了，「那個葉曉湘是我們班的學生，不過，看樣子好像被班上同學嚴重排擠的樣子，因爲……」他把第一天看見的事情都描述了一遍，讓虞佟、虞夏兩兄弟聽得連連搖頭，「所以，我也想大概知道一下這個班級是怎麼回事。」

「嗯，那你就稍微留意一下吧。」同意他的想法，虞佟勾了微笑。

「好。」

□

週五虞因只有短短的幾堂課，下午也沒打工。平常這時候自己一定會跟三兩好友先殺去唱個歌，還是逛個街把妹再說。

就像現在一樣。

「嘿，阿因，要不要去三街唱歌？」還拄著枴杖，開刀後恢復良好可是完全沒受夠教訓的阿關對他招手：「有新優惠喔！學生包廂打八折還送飲料，我約了幾個學妹一起去。」

「免了，謝謝。」提起背包，虞因拿出手機撥了簡訊，轉回過頭，「我看你最好還是回家自己躺，以免又惹禍上身。」雖然說上次的事件已經解決了，但是他總有點害怕會不會留下什麼後遺症。

「唉喲，好不容易可以回來上課，出去玩一下又不會死。」阿關趴在桌上叫了幾聲：「我在醫院那一陣子眞的是悶到快瘋掉了，這個不能吃那個不能吃，更慘的是還不能隨便出去，像是坐牢一樣。」

「坐牢也是爲你好吧，要是你出去玩傷口又裂開，那才糟咧。」他很篤定阿關絕對會變成這樣，接著馬上因爲二度創傷被重新關回去。

「不玩我精神會創傷啊。對了，跟你家借的醫藥費我會快點弄來還的。」一清醒之後，阿關才知道自家父母沒有出面，都是虞家父子代墊的醫藥費，而後來他打工的店又被抄了，所以存款扣掉日常花用之後還不夠還醫藥費，得等到身體好了才能繼續打工還債。「喏，到底要不要去？」

「你要玩自己去玩，我今天約了人，掰掰。」闔上手機蓋，虞因很快就離開教室。下午沒課，所以他另外安排了事情。

到了停車場之後收到回傳的簡訊，打開了看，寫著「已經在校門口等」。速速地準備好發動摩托車，虞因很快就駛到校門口接人。

正在警衛室等人的聿一見到車子馬上就跑出來，還挺有禮貌地先跟警衛行了禮，才跑過去摩托車旁邊。

「哇塞，你不會在這邊等了一個上午吧？」把安全帽拋給他，虞因訝異地問著。今天早上要到學校時，只是隨口問他要不要去他現在代課的小學逛逛，沒想到聿一口就答應了，兩人便約好下課在校門口等。不過，看他的樣子好像已經等上好一陣子了。

聿搖搖頭，比了個十一的手勢。

手錶上現在指著十一點四十五分。

「下次不用這麼早啦，我們先去附近吃午餐，然後再去找那班的班導。」虞因一邊收拾東西，一邊這樣說。

點點頭，聿戴好安全帽之後，自己爬上後座。

虞因今天下午約了同樣沒課的四班班導師，除了想說明下週上課內容要買些材料以外，還想順便問問虞佟所提的那名學生的事情。

不曉得爲什麼，他總隱隱約約覺得好像哪邊不對勁，從第一次踏進那個教室起，整個都怪怪的，好像不管走到哪邊都會有問題一樣……當然也有可能是自己想太多啦。

到了國小附近之後，兩個人隨便找了家速食店，停妥機車之後就進門點了餐。因爲是用餐時間，所以速食店裡人挺多的，桌位幾乎都滿了。

他們在比較偏僻的角落找到了空位，才開始坐下悠閒地享用午餐。

從這個位置的窗看出去剛好可以看見一半的水池，聽說以前好像是天然池塘，有魚、有青蛙什麼的，後來因爲污染嚴重就變成了髒水池，還可以看見上面漂浮的垃圾，以及已經不知道被什麼污染的黑綠色池水。

水池離學校很近，附近又雜草叢生，所以就算是剛到小學任教沒多久的虞因，也曉得學校嚴格禁止學生接近那一帶，若在附近嬉戲被抓到的，還會被罰勞動服務。

用不怎樣環保的竹筷撥動著盤裡的雞塊，虞因開始思考一些事情，像是等等請老師用班費買材料、詢問那個葉同學狀況之類的……

他抬起頭，看見對座的聿很認眞地在吃雞肉麵，「對了，我倒忘記問你，你好像英文很好？」

尤其是英文。

一開始他以爲聿只是拿那些原文書翻好玩的，直到不久之前，虞佟不曉得是要測驗還是眞的需要幫忙，請他幫忙翻譯一份英文文件，居然完全沒錯。

他開始疑惑了。

高中生……還沒畢業的高中生，程度有這麼高嗎？

聿偏著頭看了他半晌，才放下筷子翻出筆記本，在上面慢慢寫著：「老師有教，其他的一邊看一邊翻字典。」

太神了吧？翻字典就可以懂這麼多喔？

虞因覺得自己打從心底對不起放在書櫃裡沒有翻過幾次的英文字典。

「我的時間、很多……可以慢慢看。」不知道爲什麼，聿在寫這段話時明顯頓了一下，原本寫了一半的字給塗掉，改成這樣簡短的句子。

「你家裡的人還眞是用心栽培你啊……」還給他很多溫書時間啊，「看來你家應該有很多書可以看吧，眞是不錯……」

話還沒說完，坐在對面的聿猛然站起，他所坐的椅子整個翻倒，發出巨大的聲響，原本放在桌面上的筆記本也因爲用力過度而掉到地面。

餐廳突然安靜下來，四周的人紛紛轉過頭看著他們這一桌。

虞因被聿突然而激烈的反應嚇了一大跳，不曉得他爲什麼反應會這麼大，抬頭正要詢問時，只看見那張原本就不怎麼健康的臉整個刷白，沒表情的面孔透出懼怕與恐慌。

「聿？」不清楚剛剛的談話哪裡有問題，虞因也站起身想要安撫他。畢竟這裡是公共場合，還得顧忌其他用餐的人。

站在原地看了他一眼，聿立即轉身離開。

「給我站住！」完全一頭霧水的虞因把地上的椅子歸位之後，提了背包也跟著往外跑，路過櫃台時還不忘付帳，「阿姨，我弟不舒服，麻煩幫我們的餐點打包，我等等回來拿！」

他居然才吃兩口就跑了！

追出餐廳之後，他看見聿已經跑了有一段距離，在離水池不遠處停了下來，「聿！你是哪根筋又有問題？」一把抓住對方的肩膀將他整個人硬生生扳過來。虞因注意到他已經又變回那個什麼情緒都沒有的表情，好像剛剛那一瞬間的激動全都是假的一樣。

紫色的眼眸對上他的，然後微微地搖頭，什麼也沒有透露。

「你……」皺起眉，正想問些什麼時，他們兩個同時聽見附近傳來了吵雜聲。

是在水池一旁。

□

「豬頭啊，午休出來老師不會注意到啦。」

「可是……」

「再吵我扁你喔！出去買個飲料馬上就回去，怕什麼怕！」

幾個顯然是趁著中午時間偷跑出來的小學生，在水池邊推推走走的，帶頭的是個看起來比較魁梧的大個子學生，旁邊兩三個怯懦得多，縮頭縮尾地跟著他。「安啦，老師又不敢對我們怎麼樣，我老爸說了，要是老師不好，他會來學校對付他，沒啥好怕的。」

「是、是啦，老大說得對。」旁邊有個比較瘦的小孩連忙幫腔，這讓那個帶頭的看起來更驕傲不少，連走路都有風。

「你們好好跟著，等等去飲料店我請客！」

遠遠地，虞因就聽見了這樣的對話。

「喂！你們幾個在幹什麼！」在幾個小孩沿著水池附近走時，虞因立即出聲喝止。學校不讓小孩子接近這池子，除了水池太髒以外，因為平常少有人來，所以附近長滿了一些有的沒有的雜草，層層疊疊地蓋上水池邊緣，稍沒注意就很容易出意外，「離水池邊遠一點！」

幾個小孩被喝了一聲都嚇了一大跳，紛紛轉過頭來驚慌地瞪著他。

虞因立即就認出來那幾個小學生，是他代課第一天時，班導師一一點出來要他注意的幾個學生，大塊頭的那個就是趙良益。「你們午休時間不午休，在這裡幹什麼！」他記得國小除了星期三是半天課以外，好像都要上到下午吧？

驚愕過後，那個大塊頭的學生倒是很快就回過神來，「關、關你屁事！你又不是我們老師，管什麼管！信不信我叫我老爸馬上讓你走路！」恫嚇的口氣十足就像是複製自成人。

虞因挑起眉，接著勾起冷笑，「謝了，我有腳自己會走路，不用勞煩你爸幫我走。」他對這個學生的第一印象非常非常差，第一堂課時因為其他學生太囉唆了，反而忘記注意他，現在倒是有機會好好看清楚了。「午休時間就要在學校吃午餐跟睡覺，現在馬上回去我就假裝沒有看見，不然我打電話請你們老師過來，讓你們走路回去。」

愣了一下，大塊頭的同學臉色馬上青白交錯，身邊的幾個小跟班也不知所措地面面相覷，「老、老大……我們先回教室……」

「回你的頭啦！怕什麼怕！通通跟著我走！」似乎想扳回一口氣，帶頭的趙良益口氣異常凶惡，吼得幾個跟班都不敢吭聲。

「那好吧，我只好請你們老師過來一趟。」注意到後面的聿跟了上來，虞因拿出手機找到了電話本中的號碼，一點也不猶豫地就撥了。「喂，齊老師嗎？我是虞因，妳班上那幾個學生現在……」

還沒說完，他看見那個大塊頭的學生猛然往這邊撞過來。沒來得及反應，虞因給撞得往後退了好大一步，還好聿及時扶住他。

「你敢告狀試看看！」趙良益凶惡地衝著他喊。

「好啊，我試看看。」還好手機沒給撞掉，虞因很快拿到一旁繼續：「妳班上的學生在水池這邊，請快點來領回去。」說完馬上掛斷，然後收回包包裡。開玩笑，手機上個月才送修，現在他手頭緊，可不想再多花一筆冤枉錢。

看他瞪得眼睛都發紅了，虞因可以讀出這個學生目前正十分生氣。

對了，聽說他老爸好像是做建築業的……希望不是幹黑的，不然接下來還有老爸方面之爭……很麻煩的。

「你信不信我會讓你跟葉曉湘一樣，不敢再來學校！」怒氣沖沖地指著他，趙良益低吼起來。

對於威脅沒興趣，但是他提及的人名讓虞因馬上注意了，「你把葉曉湘怎麼了？」他猛然想起了那個空位上的花、那些破碎的課本，以及一桌凌亂。

「沒怎樣啊，我只是把她媽媽有男人的事情告訴全班而已，我爸說那個叫爛貨，那葉曉湘也是爛貨，爛貨就不用來上學！看了就礙眼！」趙良益得意洋洋地說著，然後還瞥了一眼虞因。

越聽臉色越沉，虞因看著眼前的學生，「你是親眼看到的嗎？」

「對啊，有一次下課時看到她媽媽坐陌生男人的車來接她，兩個人還在車上偷偷摸摸講了很久的話，窗戶上面都貼黑紙的。」沒注意到虞因臉色丕變，趙良益哼哼了幾聲，說著：「那就是有男人……啊——」

得意洋洋的話還沒說完，猛地就轉爲尖叫。

一旁的三個學生都嚇到了，同時也把虞因給叫回神。

原本還在嘲諷別人的趙良益不曉得怎麼走的，突然一腳踏上雜草，整個外表看起來是厚厚密密的草堆突然完全陷下去，接著是很大的一聲落水聲。

「腳、腳！」發出喊聲，一腳整個深深陷入水洞裡的趙良益，拚命抓著旁邊的雜草往上爬，「抽、抽不出來！」

一反剛剛囂張的神色，他整張臉扭曲，嚇得不輕。

「不要再掙扎！不然草會收緊！」一把抓住他的領子往上拉，虞因看著旁邊還在發抖的另外三個小鬼，「都離水池遠一點！」

原本就有點害怕的三個人馬上站遠了好一段距離。

「腳、腳啦！」趙良益繼續發出哀叫。

「閉嘴啦！在拉了沒看到喔！」被他亂揮的手打到兩三下，虞因也不爽起來。拖了兩三次之後，他猛然注意到這個學生的腳不曉得被什麼卡住，拉了半天還是拉不起來，反而有越陷越深的感覺。

淤泥？

一旁的聿馬上繞過來，幫忙抓住趙良益的手往上拉。

兩個人費了相當大的力氣，過了不知道多久之後，好不容易才把已經嚇得說不出話的學生一點一點地往上拉回來。

「靠！底下不知道纏了多少垃圾！」將人慢慢往上拖時，虞因順口抱怨著，「莫名其妙，我幹嘛來這邊跟水池玩拔河……」

「老、老師……」久久沒有發聲的趙良益突然抬起頭，一臉快要哭出來的表情，「不是草……好像、有東西……在咬我……」

「咦？」

猛然拉起來的那一剎那，虞因似乎看見水中有什麼東西跟著浮上來，就卡在學生腳上。

即將脫離水面的同時，那個東西猛然脫落。

圓圓的，像是球體，沉回水中時突然向上翻過來。

虞因看見一張浮腫到敗壞的臉瞪著他們，然後緩緩沉回水裡。

他整個人愣了好幾秒。

那個東西……他很想懷疑是自己看錯，他真的很想懷疑自己看錯，可是泡水而浮腫破碎的臉、散開的黑髮與凸出的眼，鮮明得讓他一點都無法說服自己，剛剛只是眼花看錯而已。

旁邊的聿將學生整個拉起來，一脫離水中之後，趙良益突然倒在地上呼天搶地地哀嚎，還抱著腳踝不放，聲音難聽得把虞因從錯愣中喚回來。「你是又怎麼了！水髒不會髒到腐蝕你的腳吧！」一轉頭，這下他又愣住了。

抱著腳的學生腳踝處出現了鮮明的齒痕，深得已經開始見血。

「有食人魚啦，老師！」哭喪著臉，趙良益整個癱在地上爬不起來。

猛地回神，虞因抽了手帕去幫他止血，「食你的頭啦，這裡如果有食人魚，早就被垃圾毒死光了。你、你是踩到罐頭啦，那種邊緣沒切好的罐頭啦。」

總之，先把學生安撫下來。

「老師，我會死啦……」

「死你個頭啦。」轉過身，虞因馬上看見剛剛那三個學生還站在一邊，「你們三個快點去找齊老師過來幫忙！」

奇怪，剛剛撥過電話，怎麼這麼久還沒到？他記得水池距學校的路程也並不很遠，加上剛剛又在拉人，正常來講早應該到了吧？

「好、好！」顯然也被嚇得不輕的三個學生馬上結伴跑掉。

「叫你們回去就不回去，現在嚇到了吧。」喃喃抱怨著，虞因這才發現自己包紮止血的手有些抖，似乎剛剛看見那東西震驚得還沒回過神。冷靜、冷靜，就當作是看到電影特效，反正電影看多了，早就該習慣了，看到泡水屍也不是第一次……

「聿，過來幫我一下……聿！你在幹嘛！」

正要揪起學生帶回學校的虞因，猛然一轉頭，看見聿站在水池旁邊，好像盯著什麼東西一樣看到入神。

虞因順著他的視線望去，那一秒整個人幾乎全身都要起雞皮疙瘩了。

就在岸邊不遠處的水面上，出現了一條往上伸出的手臂，微張的手掌正在對聿招手。

那個大小看起來不是成人的，比較像是小孩。

想也不想的，他立即揪著手裡的學生往旁邊安全處一丟，馬上衝回來，從後面制住正要一腳往水池裡面踏的聿。

「給我回神！馬上給我回神，你聽到沒有！」他抓著人就是往後拖，拖了好長一段路，直到那隻手不見了才放開人。「你不想活了啊你！」一把將人摔在地上，他馬上厲聲開罵。

跌在地上的聿有一時間仍沒反應，過了一會兒才緩緩抬起頭看著他。

「水裡的東西不要亂看！」一把將他從地上扯起來，虞因猛然發現他的衣襬處有一片濕潤。他記得剛才聿雖打算下水，可是並沒有沾到水吧？

愣愣地看著他半晌，聿才把視線轉移到旁邊還在哀嚎的學生身上。

「先離開這邊再說。」怕他又像剛剛一樣被招過去，虞因牽著他快步往旁走，然後一把拽了那個學生很快地離開水池範圍。

他說不清楚那個是什麼。

可是他知道那池水裡肯定有什麼。

才剛踏出水池區一步，迎面就跑來一個中年男子，他很快就認出是主任。

「趙良益！跟你說多少次不要亂跑！你活該摔到水裡面！」很顯然已經知道狀況的主任一邊跑過來，一邊氣急敗壞地對那個學生劈頭就罵，然後才轉向虞因，「不好意思，還讓你們全身弄髒了。」

被他一提，虞因才注意到因爲剛剛在拉人，所以弄得全身都是草屑泥土，現在看起來還滿狼狽的。一旁的聿也沒好到哪裡，又拉又摔的衣服同樣也是沾滿了泥土草屑，髒亂得很。

「沒關係，等等我們自己弄乾淨就可以了。對了，怎麼會是主任來？」拍拍衣襬的髒屑，虞因疑惑地發問。

「喔，剛剛齊老師打電話叫我快來，她現在人就在前面安撫學生。」主任這樣說著，然後一把拽過趙良益，「看看！叫你們不准靠近水邊還明知故犯，明天開始，每天中午都來主任辦公室找我報到！現在回去先去保健室上藥。」

剛剛被嚇壞的學生現在不敢再亂頂嘴，瘸著腿有一步沒一步被揪著往學校走去。

「我打電話叫你爸來學校一趟！」主任就跟在後頭劈里啪啦地開罵。

手被扯動了一下，虞因立即回過頭，這才發現後面那個傢伙正在拉自己的手，「嘖，你到底知不知道剛剛差點也跟著下去被罐頭咬啊！」甩開對方的手，他沒好氣地說著。

聿看著他，臉上仍是有點疑惑。

越過他的肩膀，虞因看見有些距離的水池邊站了一個小小的女孩。

然後他想起來了，第一天到這所學校時，他似乎看過……

那個女孩猛地抬起頭，整張臉稀爛得看不出樣子，讓虞因整個倒抽了一口氣。「她」張大了嘴露出深深的黑洞，帶著褐黃色的液體就從她的嘴巴裡冒出來，濺得到處都是。

「她」在對虞因咆哮著，卻一點聲音都發不出來。

稀爛的臉上掛著的眼珠隨著動作搖晃，甚至已經看不出瞳孔在哪個位置。

有那麼一秒，虞因差點抑制不住自己的反胃，直到有人猛然用力拍了他的肩膀，他才突然回過神。

站在水池邊的女孩不見了，取而代之的是聿湊到他臉前的大頭。

等等……

剛剛那個東西是不是在……

「借我看一下！」拽住聿的衣襬再檢查過一次，上面的濕痕依舊存在，而虞因有種非常不妙的感覺。

「虞老師，怎麼了？」走了好一段路的主任回過頭喊他。

「沒事，不好意思我要先回去了！替我向齊老師說一下，我再電話和她聯絡！」朝著主任這樣喊著，確認對方聽見之後，虞因轉回過頭扯了聿就往反方向離去，「我們現在馬上回家！」

聿踉踉蹌蹌地跟上他的腳步，還不斷回頭往後看。

「別管了！我晚一點再打電話就好了。」現在他們一定得回家，不能待在這邊了！

如果他沒猜錯的話……

這次麻煩大了。

虞因覺得自己有點發抖。

如果他沒有看錯那片濕痕的話，好像之前曾出現過……

那是，水鬼的記號。

因爲剛開始能看見那些東西時，他也曾被做過記號，後來大爸帶他去找人幫忙才弄掉了記號。

可是聿看不到那些東西，會是什麼時候被弄上的？

他開始回想，一開始注意的時候好像是在嚴司家……他接到電話，說聿在電梯出事的那一天，那一天聿全身濕漉漉地被救出來，那天他就注意到有那個水痕了。

「我們先去一趟嚴老大他家。」拉著人回到機車旁邊，虞因正好看見餐廳的老闆娘走出來，手上還提著一袋東西。

「同學，我還以爲你們忘記回來拿了。」那個阿姨一看見他們折返，笑笑地把東西遞過去，「回去以後要記得吃飯喔。」

「謝謝。」

接過袋子，虞因放進摩托車的置物箱裡，然後將安全帽遞給站在旁邊的聿。「我先撥個電話過去，看他在不在家。」說著，就拿了手機按了快速鍵，只等待了一會兒，電話那頭就接通了。

「被圍毆的同學？」

「你現在在家嗎？」劈頭就直接問，虞因夾著手機，然後發動了摩托車預熱。

「你等等。」

電話傳來了小小的雜音，隱約好像聽見電話另一頭的人似乎在與別人對話，過了半晌才又接回電話：「不好意思久等了，你們現在可以過來沒關係。」

「有客人嗎？」虞因疑惑地問著，心想是不是不要打擾到別人談事情會比較好。

「喔，工作的事情，他要回去了，所以沒問題。」

「那我們應該過一會兒就到。」和對方講了幾句話之後虞因才收線，一轉頭會去就看見戴好安全帽的聿蹲在地上等他。「出發啦。」

龜龜地爬上後座，聿又變回一臉想睡的表情。

「你遲早有一天會這樣從車上摔下去。」從後照鏡看見之後，虞因回頭彈了他的額頭。

聿捂著頭，眨巴著眼睛看他。

「坐車時別亂睡覺啊！」

確定他整個人清醒過來之後，虞因才催動了油門，摩托車一下子就往外衝出去。

從這個位置到嚴司住的地方有一小段路程，因爲是中午時間，路上的車子、覓食的人多了一些，所以他繞了小巷子，過了一會兒，很快就看見嚴司家的大樓。

到達之後，因爲警衛認識聿，就直接放他們通行沒再另外打電話問住戶了。

看著高高的大廈，虞因走進其中一棟。

上次讓他產生怪異感的電梯，立即就出現在眼前。

走在後面的聿突然靠上來，抓住他的衣襬。

盯著眼前的電梯半晌，虞因這次倒是沒什麼奇怪的感覺。電梯目前就停在七樓，亮著燈。

七樓……

他怎麼有印象好像認識住在七樓的人啊？

那麼七樓住的是誰？

有一瞬間，虞因什麼都沒想起來。

就在思考的時候，後面的聿突然推了他一把，他這才注意到電梯的指示燈開始下降，從原本的七樓跳爲六樓，接著是五樓、四樓……一點一點往他們逼近。

聿用力拉著他往後退。

就算忘記自己在電梯裡有過什麼遭遇，但還是對電梯感覺到莫名的排拒，仍讓他想抗拒。

「等、等一下啦，裡面……」正想說些什麼，虞因在拉扯之際，前方的電梯門猛地發出了聲響，表示已經到達一樓。

電梯停了，眼前的門扉緩緩打開。

那一剎那，虞因突然想起來住七樓的是誰了。

「咦？你們兩位又來找嚴先生嗎？」電梯門一開，原本在裡面的人愣了好一下，轉而先打了招呼。

「你好，葉先生。」虞因點了點頭，笑著說：「又見面了，還眞巧。」

「對啊。你們要用電梯是吧，那我有事先走了。」說著，男子拽著手中的東西很快就出了電梯。

虞因瞄了一眼，是小型的塑膠袋，大概是便利超商購物袋那種尺寸，裡面塞了一些濕淋淋的黑色垃圾袋，「你要倒垃圾啊？」

「嗯，要丟一些不用的塑膠袋，之前拿來墊陽台花盆，久了壞了，剛好這兩天有空，順便更換一下。」微笑了下，男子又點了點頭，這才往外踏著步伐離開。

盯著他的背影一會兒之後，虞因才收回視線，轉而看著背後的聿，「現在電梯到了，乾脆搭上去吧。」

聿看著他，然後猶豫。

「沒關係啦，這次應該不會有事。」拉著他的手，虞因走進電梯。

就在一腳踏入同時，他突然皺起眉。

電梯裡有一股味道，好像是什麼東西的臭味，雖然不是很濃，但是已經夠讓人反胃了。

後頭的聿一把扯住他，顯然就是不想進去。

「那好吧，我們走樓梯可以了吧。」揉揉聿的頭，虞因退出了電梯，往樓梯間走去。

見他不堅持坐電梯，聿也很快跟了上去。

而，兩人沒有來得及看見的是——

無人搭乘的電梯久久沒有關上門，直到鏡子中出現了一個小小的倒影，按了樓層鍵之後，電梯門才以一種極為緩慢的怪異速度一點一點關起。

「電梯上樓——」

□

虞因兩個人走上嚴司所住樓層的時候，正好看見他站在門口要送客。

「嗨，被圍毆的同學。」眼睛很尖的嚴司一看見他們上樓，立即就打了招呼。

「嚴大哥。」禮貌性地點了點頭，虞因看了看門口的另外那個人。看起來是個很嚴肅的人，穿著黑色西裝，與嚴司差不多身型，臉還滿帥的，感覺酷酷的，也不太好親近。「您好。」他也向那個陌生人打了招呼。

站在後面的聿立即也點了頭，算是禮貌。

「你是……虞先生的兒子，你好。」看著虞因，那名陌生人也打了招呼，接著轉向聿，「嗯……少荻聿，看來你過得還不錯。」

虞因疑惑地看了對方一眼，「你認識我們兩個喔？」他沒有見過這個人的印象。

「警局的朋友有在傳，而且剛剛阿司也提過。」陌生人勾起了很淡的微笑，然後立即又撫平。

「啊，這傢伙是我以前的室友。」勾著陌生人的肩膀，嚴司咧著嘴說：「人很好，不是黑道。」

那個人一把拍掉嚴司的手，「我還有事情，先走了。」說完，向虞因兩個人點了點頭，就快步往樓梯離開。

「嘖，還眞是來去匆匆。」目送友人離開之後，嚴司才讓開身，招呼仍愣在門口的兩人進去，「別介意，那傢伙老是這樣子。」

「他也是法醫？」虞因進門，在玄關脫掉鞋子時，隨口問著。

「哈，才不是，那傢伙的職位比較高，你二爸大概也得聽他的。」聳聳肩，懶得多講的嚴司關上大門，先往裡面走去：「你們要吃點心嗎？剛好我昨天有去買到限量的喔。」

被他這樣一講，虞因才想起一件事：「我們兩個連午飯都還沒吃完……」說著，亮出手上打包的餐點。

嚴司轉回過頭，「我看先幫你們微波熱一下吧。還有你們兩個身上怎麼那麼髒，我拿衣服給你們換一下，要不要先去浴室洗一下手腳？」雖然他是不介意他們髒下去啦，可是畢竟這裡是自己房子，等等打掃還眞有點麻煩。

「喔，好，謝謝。」看看自己和聿身上的髒污，虞因也覺得他們兩個應該去洗把臉了。

第二次進到嚴司的房子，虞因很自動地拉著聿往浴室方向走去。

浴室裡已經被整理得很乾淨了，上次看見的那個人頭圖案整個被清洗掉，到處看起來都亮晶晶的，像是新的一樣。

「我用了快半打的洗潔劑才把廁所洗回來。」站在浴室外的嚴司晃晃手上的兩套衣服，這樣告訴他們。

一般人眞的敢去洗那種東西嗎……

壓下想問他那個東西有沒有邊洗邊尖叫的欲望，關上門之後，虞因和聿各自換下了身上的髒衣服。就在虞因想去用水洗洗臉而轉開水龍頭之後，他注意到似乎停水了。水龍頭發出空洞的嗡嗚聲，過了大半天就是一滴水也沒有滴下來。

「不會吧，這棟大樓經常在出問題嗎？」望著水龍頭，虞因只好死心地關起來。

通常大樓好像比較不會停水吧？因爲和普通公寓、透天厝不同，大樓採用大型水塔，而且也會做控管，若要停水也會先向住戶告知。

剛剛嚴司叫他們洗臉，就是不曉得有停水，可見並沒有被通知到。

等等……

水塔？

虞因突然想起來，上次在這裡遇到怪東西時，門外的那個景色。

狹小的空間、灰粉的地板、地面遍布著黃色的水斑、空氣中有股濕潤的感覺……加上最後……那個奇怪的機器聲響。

那不就是水塔周圍的狀況？

一旁的聿推了他一下，便逕自打開了浴室門。

那個東西向他提示「水塔」是有什麼用意？

「嚴大哥，你們這裡的……」踏出浴室之後，虞因正想詢問是不是可以借看一下大樓水塔時，注意到那個說要微波東西的人，正站在流理台前面發呆，「怎麼了嗎？」

嚴司沒回他話，皺著眉盯住水龍頭。而那個水龍頭正在汩汩不斷地流出有點灰黃的污濁自來水。

有水？

虞因疑惑地回頭看了一下浴室，「廚房的水怎麼了？」他走過去看了一下混濁的水，該不會其實是在洗水塔吧？

「有個味道。」取來旁邊的碗接了水放在一邊，嚴司關上了水龍頭，然後將那碗水放在鼻邊嗅了嗅，接著表情越加嚴肅起來。

「什麼味道？」看著那碗很濁的水，虞因隨口發問。

「臭味。」丟下碗，嚴司很快走出客廳，然後撥了電話：「你們兩個等等，我有事情要去頂樓走一趟。」要是他沒有判斷錯誤，那個實在是很熟悉的某種味道，提供了一個極度不好的訊息給他。

頂樓？

「啊，我也要去。」虞因連忙說著。

「你去頂樓幹嘛？」還沒接通之前，嚴司奇怪地瞥了他一眼。

「我想借看一下你們大樓的水塔。」他對那個景色實在是有種怪異的感覺，總覺得有個疙瘩。

愣了一下，還來不及回應他說些什麼，嚴司手中的話筒先行接通了，「喂？老大，你有沒有在忙？」對方似乎應了幾聲，他聽了一會兒之後才再度開口：「那好吧，可不可以麻煩你先把工作丟掉、來我家一趟，我這邊出事了。」

出事？

站在旁邊聽著的虞因開始猜測他是打給誰。

掛掉電話，嚴司快步地回房提了個小背包出來，「你們要跟上去的話，不要亂動喔。」

「喔、好。」虞因立即點頭。

拎著東西走到玄關，嚴司撥通了大樓的安全電話：「管理室?我是住戶嚴司，我要上頂樓開水塔，麻煩一下。」

嚴司也要去看水塔?

一聽見他的話，虞因突然有種毛骨悚然的感覺。

他深深覺得，在水塔等著他們的東西……應該不會是很好的東西。

「走吧。」

□

隨著嚴司搭上電梯之後，三個人都很沉默。

嚴司神情嚴肅，像是在盤算著什麼。

虞因在猜測水塔中應該會有的東西。

聿就站在旁邊偏頭望了他們兩個一眼，然後又看看電梯裡的鏡子，悄悄地往虞因那邊靠緊了一些。

電梯緩慢地持續上升，在樓層到達的聲音響起之後，電梯門緩緩地開啓。

大樓頂樓是空中花園的造景，當初設計者運用了頂樓空間規劃出很多花花草草，另外還附上一些像是搖椅之類的休憩設備。而在造景後面隔了一道牆，牆後有著再往上的樓梯與小房，那就是擺放大樓水塔的地方。

因爲住戶不少，所以大樓採用的是環保的三座大型水塔。

越接近水塔，虞因就越覺得身上不停發毛。

「這邊就是水塔房了。」帶著兩人爬上樓梯後，嚴司打開了門前的栓，然後推開鐵門。

一陣濕潤的空氣馬上撲鼻而來。

左右看了一下，嚴司按開了內部的燈，整個塔房立即大放光明，裡頭映得一清二楚。

看見屋內狀況的那一刻，虞因整個人寒毛直豎了起來。

灰白的粉刷、水黃污漬的地板、因爲擠了水塔而顯得狹小的空間……最後加上馬達的機器聲，完全吻合他上次看見的樣子。

「戴好，不要亂摸東西。」拋了一袋東西給虞因，嚴司很嚴肅地告誡。

看著手上的兩對手套，虞因立即就知道他是上來幹嘛了。「……你是不是懷疑水塔裡面……」

「對，因爲剛剛那個水有臭味。」打斷他的話，嚴司拿出相機在四周做了簡單的拍照。跟聿把手套都戴上之後，虞因左右張望了一下：「中間那座水塔下面有東西。」指著中間水塔下方的圓圓物體，他這樣說著。

停下了拍照工作，嚴司順著他指的方向往下看，看見了一顆圓球。

「這好像是小朋友在玩的東西。」虞因走過去蹲下身看，那是顆小皮球，上面有著碎花圖案，玩具店很多這種東西。

「是嗎……」將手上的相機遞給虞因，「你幫我把下面也都拍一拍。」然後嚴司便順著水塔旁的鐵梯往上攀爬，一下子就到了最頂端。

接過相機之後，虞因蹲下身正要拍照時，他猛然看見一個全身濕漉漉的女孩，縮著身體抱著那顆球，惡狠狠地在下面極小的空間裡瞪著他看。

「這、這是幹什麼啊！」

外頭傳來的驚呼聲打斷所有人的動作，虞因反射性地回頭，看見大樓管理員站在入口處被聿擋下，再度回過頭之後，水塔下只剩下那顆球，什麼小孩子的影子都沒有。

也沒有搭理他，嚴司砰地一聲立即打開了水塔的蓋子，那一瞬間，整個狹小的室內立即瀰漫了詭異的氣味：「賓果。」他面無表情地看著水塔裡面，說著。

虞因站直身，把手上的相機遞給他，「找到什麼？」奇怪的臭味慢慢在室內散開來，雖然不是很濃，卻是會讓人反胃的惡臭。他退了退，到門口空氣比較好的地方去。他知道那個氣味就會隨著時間而加重，直到裡面的東西腐朽到不會再散出臭氣。

「找到一個小妹妹。」對著水塔內拍照之後，嚴司跳下樓梯。

「什、什麼東西？」摸不著頭緒的管理員發出疑問。

「把這座水塔關掉供水，現在開始不准任何人進來頂樓。」走到門口，嚴司這樣告訴那位管理員：「水塔裡面有屍體。」

管理員顯然嚇了一大跳，滿臉震驚。

「快點！」

被嚴司一喊，他才瞬間回過神，匆匆忙忙地跑開。

「是怎樣？」被嚴司推出去之後，虞因立即詢問。

「大概是國小吧，看樣子。」關上門以防現場被破壞，嚴司打開相機，看著上面的顯示螢幕，「屍體腐壞得很嚴重，一時看不出死亡時間，不過看樣子估計應該有三天以上了。」

三天以上？

那就是說，已經泡在水塔裡好一陣子？

虞因望著正在看相片的那個人。「……你之前沒注意到嗎？」

「我也覺得很奇怪，如果是三天以上的話，水應該早就變質了，爲什麼我會到今天才發現？」放大著手中的影像，嚴司微微皺起眉。

畢竟每天都在用水，他沒道理到現在才發覺。

「……你們起碼用了三天以上的屍水。」虞因認眞地告訴他另外一個也很嚴重的問題。

「喔，都沒有傳出住戶上吐下瀉的訊息，看來大家的胃都很強壯。」隨口應了聲，嚴司專注地繼續跳著相片觀察。

應該不是胃強不強壯的問題吧！

一旁的聿左右看了一下，然後跑下樓梯，仰起頭不知道在看什麼。

「怎麼了？」跟著下樓的虞因順著他的視線往上看，正好看見一台監視器掛在那邊，「原來這上面有監視器……不知道有沒有拍到什麼就是了。」

聿回過頭望著他，然後聳聳肩。

他們想的都是同一件事。

就在虞因想要告訴嚴司這件事情時，頂樓花園的入口處傳來鬧哄哄的聲音。

「阿因！你又給我亂來了！」

說眞的，虞因被嚇了一大跳。

領頭衝上來對著他吼的，除了他二爸之外，還有誰。

「不是叫你不要隨便亂找東西嗎！」直接衝過來揪住他領子罵，虞夏橫著眼睛瞪人。

「不好意思，這次是我找的。」就在父子即將開戰時，站在上面樓梯的嚴司打斷還沒開始的對決，笑笑地朝他們招手：「麻煩先進去採證一下吧，不然我很難繼續處理。」他指指身後的水塔間。

鬆開手，虞夏哼了聲，然後吩咐帶來的鑑識人員先行往上，再讓其他人在四周佈下封鎖線。「你們是第一個發現的人嗎？」

「廢話，不然報警的就不是我們吧。」虞因回敬了一句，然後閃得遠遠的，差一點就被鐵拳敲到，「二爸，你不是去外縣市嗎？爲什麼今天會在！」

「哼，今天輪到別人過去協助。」虞夏瞥了他一眼，說：「我這邊還很多事情沒有處理完，沒辦法長時間耗在那邊。」

從樓梯上走下來，嚴司來回看了他們一下：「被圍毆的同學，你要不要帶小聿先下去吃飯啊？再來這邊會很忙，你們也不能亂走喔。」

「這個……好吧。」接收到虞夏凶惡的眼神，虞因只好點點頭，「那我們先下去了，有後續記得再告訴我喔。」

「還告訴你！快給我滾下去！」虞夏馬上追著人打。

「被圍毆的同學，我冰箱有點心跟飲用水，你們自己用啊。」把大門鑰匙拋過去之後，嚴司這樣喊著。

「謝啦！」在二爸的拳頭賞過來之前，虞因很快就拉著聿逃走。

在兩個人走開之後，現場很快就拉上了層層警戒線，警員來來回回地到處走著，查看有無可疑物品，一面拍著照。

虞夏走上樓梯，看見水塔間裡的幾個同僚正在拍攝現場，「你怎麼會突然想到要上來搜水塔？」看著身旁剛剛打電話給他的人，他問著。

「喔，直覺加上經驗。」嚴司聳聳肩，這樣說著，「不過沒想到你兒子也很敏銳嘛，我還沒講什麼，他就直接說要上來了。」

「哈，那個傢伙是不同的敏銳。」瞇起眼，虞夏冷哼了聲：「以前我哥一家人出了車禍之後，他就變成那樣子，經常到處亂跑，真不知道那兩隻眼睛到底都看見什麼。」

「大概看到我們看不見的東西吧。」回應著，嚴司看著裡面的現場拍攝告一段落之後，才指揮著將水塔裡的屍體小心翼翼地撈出來，「對了，還不曉得他們兩個突然匆匆忙忙跑來我家幹什麼。」說著，拉好了手套就往水塔裡面踏入。

總不可能是口渴要討水喝吧。

盯著同僚的背影，虞夏冷哼了一聲，隨後跟上。

□

「嚇死我了，沒想到二爸會出現。」

慌張地趕上電梯之後，虞因大大呼了口氣，「眞是的，幹嘛不找別人偏偏要叫二爸。」一邊抱怨著，他等了聿磨蹭半晌終於進電梯之後，才按下了樓層鍵。

電梯上的數字燈開始緩緩地往下降，從最頂的十五樓往下跳，十四、十三……

「不過上面那具屍體是誰呢……？」在抱怨過後，虞因開始思考這一連串像是希望讓他發現的怪事。

最開始的事情是在學校、那張桌子……

「是妳嗎？葉曉湘？」

一個詭異的結論讓他不禁脫口而出，就在同時，電梯突然狠狠地震動了一下，猛然停止了下來。

站穩腳步之後，虞因立即抬頭往上看，電梯停在七樓突然不動了。

等等，他想想……七樓不就是那個葉先生的家？

站在他旁邊的聿突然變得很緊張，轉過去一直按著開門的按鍵。就在連按了好幾次之後，電梯突然發出叮的一聲，打開了電梯門。

出現在他們面前的是七樓的樓梯間，左手側往內可以看見七樓住戶的門扉。

四周一片安靜，一點聲響都沒有。

虞因左右看了一下，然後踏出電梯，後面緊跟著的聿不安地拉著他的衣襬。

和三樓沒有什麼特別的不同，走道旁擺著鞋櫃，還有已經開始冒出雜草苗的盆栽，大門是一道鐵門、一道內門的設計，而旁邊掛著門牌。

鞋櫃內側擺著男人的皮鞋與拖鞋，接著外側是幾雙女人的高跟鞋，最上層則有童鞋和小小的拖鞋，看起來就是很正常的三口之家。

對了，他記得之前在樓下遇到，葉先生出去丟垃圾，所以應該很快就會回來了。

「你不要隨便亂動東西喔。」拉著聿，虞因很快地撥了一通電話出去：「喂？大爸嗎？

我想問一下葉曉湘她家的住址？」

他一直掛念著這件事情，不過卻忘了要查地址。

「跟嚴司同一棟大樓沒錯對吧。」

很快地，電話那頭傳來肯定聲。

虞因覺得自己已經知道那具屍體的身分了。

「剩下的事情我回去再告訴你……好，掰掰。」掛掉手機之後，虞因又看了那個鞋架一眼，雖然總覺得好像哪邊怪怪的，可是又說不上來。

一家三口很正常啊……大人的鞋子和小孩的。

就在他正想有沒有什麼關聯時，聿拉了他一把，他才注意到在這邊逗留太久了。「我們先回嚴司家再說。」

一邊說著，他一邊往電梯走，然後按下了鍵。

就在同一刻，電梯門突然打開，裡面站著一個人。

「你們在我家前面幹什麼？」

沒想到電梯裡會有人，虞因愣了一下，倒退一步，這才看清楚是七樓的住戶葉立升，

「兩位不是嚴先生的朋友嗎？爲什麼在我家門口鬼鬼祟祟的？」

對方很立即就質問了。

「呃……其實也不是啦……」虞因看著他像是有點生氣的表情，便立即在腦中隨便想了個藉口：「其實是剛剛樓上發現有小孩屍體，連警察都來了，所以我們看看有沒有哪戶有小朋友不見了……警民合作嘛……」

「小、小孩？」愣了一下，葉立升手中的東西咚地一聲掉在地面上，然後馬上衝回電梯，「曉湘！」

電梯門很快在兩人面前關上。

「真衝動。」虞因盯著電梯門聳聳肩，「我們走樓梯吧，聿。」說著，他瞥了一眼剛剛從葉立升手上掉下來的東西。

是便利超商的袋子，裡面塞著泡麵、香菸和幾罐飲料。

「對了，我記得大爸說過，葉曉湘已經失蹤很久了……難怪他會這麼緊張。」踏下樓梯，虞因這樣想著。

一開始大爸就交代他要注意了，那時候他就知道葉曉湘已經失蹤很久，但是沒想到居然會陳屍在水塔裡，大概沒有人會想到吧？

嚴司說過，估計應該有三天以上了，而他去代課的學校則說已經有好幾天了，那也就是說，葉曉湘是在沒去上學這一段時間死亡的吧。

水塔下面有球，四周沒有太奇怪的痕跡……這樣乍看起來像是失足。畢竟好奇的小孩還滿多的，加上那個地方又沒有上鎖，難保小孩子不會想進去探險……

可是很奇怪，眞的很奇怪。

她沒事跑去水塔間幹嘛？

「對了，最早報案她失蹤的是誰？」

「最早報案葉曉湘失蹤的，是他們班的導師。」

隔日一早，徹夜未歸的虞佟一邊整理全家人的早餐，一邊這樣回答虞因的疑問：「一開始不是就跟你說過了嗎？報案的是他們老師，說是小孩很久沒有來上課，也聯絡不到家長，後來我們的員警有去拜訪幾次，但是也找不到人，所以就先聯絡親友做搜查。」

「結果到現在還是沒找到人？」在旁邊幫忙遞調味料的虞因疑惑地問著。

「不，後來找到了。」虞佟看了他一眼，繼續說著：「親友說，好像是那女孩子的母親跟人跑了，父親因爲心情不佳，帶著小孩出門散心。」

出門散心？

「可是昨天找到的，不是那個女孩子的屍體嗎？」

昨天鬧了一下午，大樓附近又來媒體什麼的，一看到住戶就圍上去採訪，害他和聿要從大樓比較偏僻的側門出入。後來晚上接到嚴司電話，說確定了屍體是葉曉湘；葉立升一上頂樓之後，很快就指認出那是他的女兒，現在正移往停屍間準備進一步了解死因。

「聽那個父親說好像是他們出去散心不久之後，小孩就生病了，所以他們回家養病。不過，就在前幾天，他的小孩突然失蹤了，他慌慌張張地到處找人，又想到可能是孩子的母親來帶走小孩，還在嘗試聯絡對方的時候，你們就告訴他發現屍體的事情了。」在鍋中的濃湯煮滾了之後，虞佟放進了胡椒，數秒鐘後才關上瓦斯。「現場人員認爲應該是小孩子偷跑進去水塔玩，發生意外。」

果然第一印象都會覺得是意外。

虞因端著湯走出廚房，在餐桌那邊愣立了大半天思考著哪邊不對勁。

那之後電梯停在七樓……接著引領他們看見的是盆栽與鞋櫃。

就在他回想那邊有什麼不對時，身後突然傳來聲響，他一轉頭，剛好看見甫睡醒的聿站在樓梯口揉眼睛，「早，去洗臉，然後來吃飯。」

微微打了一下盹之後又自己驚醒的聿拍拍臉，然後也沒有去浴室，而是朝他走過來。

「幹嘛？」見他偏頭看了自己半晌，虞因很自然地發出問句。

接著，一本筆記本遞到他面前。

不解地收下本子翻開，虞因第一眼看見的是昨天七樓的門外圖，連鞋櫃之類的位置都標示得清清楚楚，「你整晚在弄這個喔？」抬頭，剛好看見某人晃去浴室的背影。

難道聿也覺得那扇大門怪怪的嗎？

盯著筆記本上的圖看，虞因隨手拉了椅子坐下來。

大門邊有鞋櫃，外側是女主人的鞋，內側是男主人的鞋，而上面是小孩的鞋，看起來一點問題也沒有。

另外是盆栽，再來也沒有多餘的東西了。

「你在看什麼？」將剩下的早餐一起端過來的虞佟猛然發問。

被嚇了一跳，虞因馬上闔上本子，「沒有啦，看聿的筆記本而已，他好像有把對話給撕掉的習慣。」本子已經變成薄薄一本了，他記得一開始時，頁數還滿多的。

「對啊，小聿每次寫滿之後，就會把那一頁撕起來回收，也不知道爲什麼。」擺正碗盤之後，虞佟在餐桌另一邊坐下，「你二爸晚上才會回來，中午隨你們要自己煮還是外面吃，別到處亂跑。」

「喔，好啦。」搔搔頭，虞因把筆記本放到旁邊。

「對了，結果你昨天跑去阿司家幹什麼？他後來因爲直接去法醫室，也忘了和你們打招呼。」看了一眼對座的兒子，虞佟詢問著。

「啊，我也忘記這件事了。」昨天吃飽就自動自發滾蛋的虞因擊了一下掌：「也不曉得他是八字重還是煞氣重，本來想先把聿寄放在他那邊一下午的，沒想到後來被打亂了。」他發現嚴司很不容易被纏身，就連屋子裡鬧鬼之後還是那麼乾淨，這一定是有理由的。

就和他大爸、二爸一樣，不過他們家是煞氣重。

一般人家如果鬧鬼之後屋子都會變很髒，而且還會滯留，他們家和嚴司家則沒這種狀況，鬧完後依舊很乾淨，這就代表屋主本身有一定的特質，讓那些東西不敢隨便留下記號。

這是很久之前給他護身符的那個人教他看的。

「聿怎麼了？」虞佟瞇起眼，注意到他的言外之意。

「他好像被那個葉曉湘做記號，大爸，你還記不記得，以前我也被做過一次，後來你帶我去找別人弄掉？」剛開始他不知道不能隨便亂看，結果看到亂七八糟的東西就被纏上了。

「記得，那時候師父還說，在把事情解決完之前，你不可以獨自到水邊。」對於那件事情很難忘懷的虞佟皺了皺眉。

「對啊，後來就……啊！」猛然站起身，虞因馬上推開椅子往浴室衝。

他忘記不能去水邊了！

而且葉曉湘還有跟到浴室騷擾他的不良紀錄！

浴室的門當然是鎖著的，虞因連忙從門外拍打門扉，「聿！開門一下！快點！」砰砰砰的聲音迴盪在整個走廊上。

他突然有種很不好的預感。

持續拍打了浴室門好一會，仍然沒有人回應，這讓虞因更急了。

「聿！快開門！」

該不會、該不會眞的出事了吧!?

「用這個。」返回客廳一趟的虞佟拿來了萬能鑰匙。

虞因立即將鑰匙插入鎖孔，快速地轉動了一下。

拜託，千萬別讓他看見——

門打開的那瞬間，虞因整個人都愣住了，有那麼幾秒，他腦袋中一片空白，完全不知道該做何反應。

那個他以爲被鬼暗殺的人，現在好好的一點事情都沒有。

而且還坐在馬桶上給他睡覺！

「少荻聿!!」

他好像聽見自己青筋綳斷的聲音。

「你居然在馬桶上給我睡覺！」

整個被驚醒的聿眨著紫色的眼睛看他。

「嚇死我了！當心我揍你喔！」

話才這樣說著，虞因已經一個拳頭揮在某個在浴室還可以呼呼大睡的人腦袋上。

你已經打了才說……

捂著頭，聿可憐兮兮地縮到旁邊去。

「好了、好了，既然沒事，那我們先出去吃飯吧。」拉著自家兒子，虞佟笑笑地連拖帶拉把人拽走，「小聿，洗完快點出來吃飯喔。」然後，順手帶上了浴室門。

鬧哄哄的浴室在門關上的那瞬間整個就安靜下來了。

現在已經很清醒的聿無辜地揉揉腦袋，才轉過去洗手台準備洗臉刷牙。

就在轉過去那瞬間，他似乎看見鏡子裡有什麼正在晃動。

「……？」

□

週六，是所有學生開始玩樂放鬆好日子。

就連掛著一堆事情的虞因也不例外。

但是大爸出門前才千萬交代，他絕對不可以亂跑，而且還有個被水鬼做記號要嚴加關注的小鬼，這讓他一整個早上至少推掉了五、六個朋友的電話邀約。

打開房間內的音響放入一片純音樂ＣＤ，虞因把上次向嚴司借來的東西倒在床上開始一一翻閱。最近的事情太多了，弄到他現在才有時間來看這些聽說是不能隨便外借的報告。

從袋子裡倒出來的大部分都是相片，重要的資料並沒附上給他，另外就是幾張夾在公文夾裡的驗屍報告影印本。

虞因看了幾張相片，都是現場拍出來的，還有一些是附近蒐集到的證物攝影。大概因為不是第一現場，所以證物的照片稀少得可憐，且零零落落的，只有不到十張，其中一個是只女用戒指，上頭鑲著碎鑽，然後是一小節手指骨斷在附近，指骨上面還有咬痕。

比對了報告，上面記錄著屍體上也有同樣的痕跡，大概是野狗啃屍所留下來的；後面也配合相片編號，還有其餘幾處亦同樣有咬痕，大部分都已經見骨，另外標示出了附近居民提供的關於野狗證詞等等。而除了野狗之外，屍體上也零散分佈著蟲蛹。

現場沒有血跡，屍體無頭，按照現場狀況推測，應該是在第一現場將頭顱剁下，血液幾乎流盡之後才運出。

無頭屍體殘剩的肉塊也腐敗得厲害，依照現場環境以及初步解剖狀況來看，被棄屍在此地估計應該已經將近一個月，由於地處偏僻，才遲遲沒有被發現。但是屍體被破壞得太過嚴重，所以必須再進一步勘驗才能得到更多資訊。

「一個月左右？」

看著手上的報告，虞因皺起眉。

一個月前，不就是剛好山貓那件事情發生的時間嗎？

猛地想起最初聽見的古怪報導，他突然覺得全身一陣惡寒，像是有什麼東西提醒了他有這件事。

就在他正想繼續翻看其他相片時，房門突地給人敲了兩下，「自己進來，門沒鎖。」他連想也不用想外面是誰，現在家裡沒有第三個人。

房門隨即讓人輕輕地打開，進來的是抱著一本書的聿。

「我正在看無頭屍的那些相片。」虞因翻著手上的公文夾隨口說著，很快地，對方就靠近他的床，在床邊的地板上坐下，紫色的眼睛也盯著床上的相片看，「別告訴二爸，不然又會被他揍。」二爸一向很討厭他沒事跑去看案。

聿點點頭，然後拿起床上的相片端詳。

放下手上的報告，虞因抽起了一張頸部特寫照。

切口相當不平整，隱約可以注意到連剉了好幾刀的痕跡。

報告上寫明了推測凶器應該是隨手可得的普通家庭用具，例如菜刀。

菜刀？廚房裡的東西？

那不就表示死者是在室內被殺害的……如果凶手心情好到會隨身帶著菜刀又另當別論。

「聿，你看這些照片都沒感覺嗎？」放下手上的相片，虞因瞄了一眼身旁的人，還是那張木然的臉，什麼表情都沒有。

大部分的人第一次看這類相片，不是會渾身不舒服，就是大吐特吐，像之前有同學來玩，誤動了二爸的檔案，當場就直接把剛下肚的東西都送馬桶了。平常人很少會對這類東西能完全沒感覺，就連他第一次看見的時候也是作了好幾天惡夢，不過那時候他還是個天真無邪的小學生就是了。

聿抬起頭看了他半晌，斂了眸搖頭。

「你以前也看過類似的東西嗎？」推測著詢問，果然虞因看見他點頭。

這就難怪了……

現在資訊那麼多，網路也很方便，其實要找到這類相片也不是什麼難事。

收回游走的思緒，虞因把相片與資料再大致瀏覽過並記起來之後，才將一切東西收拾好放回袋子，「這兩天要拿去還給嚴大哥，已經借太久了。」

聿看著他，沒有表示任何意見。

看了一下手錶，已經將近中午，虞因想了一下，說：「我們去外面吃飯吧？自己開伙還挺麻煩的。」雖然麻煩的不是他，不過是難得的週六假期，拿來煮飯就太可惜了。「我們家附近有一間不錯的餐廳，樓上有下午茶點心吃到飽，反正大爸說今天不能到處亂跑，乾脆就去吃到撐死吧。」

瞠大紫色的眼睛，聿的表情看起來像是有點意外。

「幹嘛？週末不可以吃好一點的東西喔。」把袋子抛到桌上，虞因從床上站起來，揉揉他的頭，「你去準備一下，等等出去吃。」

微微愣了半晌，聿才站起身，依他的話離開房間。

就在虞因想要找件薄外套時，隨手亂扔在床上的手機突然響起來，「喂？我虞因？」

電話那頭很快就傳來吵雜的聲音，看起來撥電話的人應該是在室外，「虞老師？我是齊瑞雪，昨天你不是到學校嗎？是有什麼事情要找我？」

被對方這樣一說，虞因馬上想起這件被他遺忘的事情，「喔喔！不好意思，我本來昨天是想跟妳說一下星期一上課要做風鈴的事情，我問了同學，大家都贊成用班費一起訂。」

「這樣啊，那沒關係，星期一的時候我再跟你算材料費。」

「好，那也沒其他事情了。」夾著手機，虞因打開衣櫃抽出了外套。

「等等，虞老師……我想請問一下，聽說昨天曉湘被發現的時候，你也在場嗎？」對方急忙插話詢問著，讓原本要掛斷電話的虞因停下動作。

「嗯，我剛好去拜訪朋友，碰巧遇到的。」瞇起眼，虞因覺得有點古怪。

照理來說，二爸應該不會對外宣稱他跟嚴司、聿是第一發現者的事情吧？

「週一應該會有很多同學問……那就麻煩虞老師儘量避開這個話題了……你知道那孩子的人緣不是很好，我怕會因此影響到班上的氣氛。」手機另一端有點猶豫地這樣說著。

「好，我知道，我會讓他們忙到問不出話。」

「那就麻煩您了，我還有點事情先掛電話了，謝謝。」

「不會，掰掰。」

掛斷手機之後，虞因抬起頭，注意到聿已經站在門口等他了。

說是準備要外出，也只是把書放回去和套上襪子而已，動作比他快了很多，「週一你要跟我去學校喔？我還要去搬向廠商訂來的材料。」因爲是讀設計科系，所以他和某些廠商特別熟，直接下訂單就可以了。

聿點點頭。

那就確定星期一的行程了。

敲定之後，虞因穿上外套，拿了摩托車鑰匙跟錢包就往外走。「喏，那我們先去塡肚子再說吧。」他看了一下錶，再五分鐘就十二點。

身後很快地傳來腳步聲。

有時候虞因會突然生出一個想法……

他該不會已經習慣後面有人跟了吧？

□

那家餐廳其實離虞家不遠。

差不多十分鐘左右的車程，加上等了三個紅綠燈之後，就到了一家名爲「第二空間」的餐廳。這家餐廳在這一帶算是挺有名的中低價消費餐廳，每個人大約兩百元的基本消費，可以用到排餐或飯麵之類的精緻餐點。另外，餐廳樓上是點心館，一人只要花個一百五十元，就可以享用從兩點到四點的下午茶無限供應；若是在樓下有點餐，還可以再折扣三十元，頗受學生與饕客們的喜愛。

餐廳走的是西洋風格建築，有點類似白色沙灘旁的海島建築風格，給人一種很清爽悠閒的感覺。

虞因會知道這家店，是因爲從以前開始，要是週末大家都有空的話，虞家偶爾會到這地方外食。一開始是媽媽發現的，後來連大爸、二爸都喜歡這裡安逸的氣氛，就這樣一家子成了這兒的常客。

將摩托車停在旁邊的停車場，虞因領著聿打開了餐廳的玻璃門。如他所料，因爲是用餐時間，所以裡面幾乎擠滿了人，從家庭聚餐到同學朋友聚餐都有，整間餐廳滿滿的，一時間看不到還有什麼空位。

「阿因！」吧台有人向他招招手，虞因很快就迎了過去，是這家店的吧台之一，他們已經算熟稔了，「今天人很多沒位置喔，你要不要上二樓？我叫工讀生幫你們把東西端上去。」吧台人員笑了笑。

平常二樓是不會給一樓用簡餐的顧客使用的，不過熟客例外。

「謝啦，我今天帶人來喔。」搭著聿的肩膀，虞因把他往前推了推。

「喔？生面孔，你朋友？」

「不是，這是我弟，叫聿。」抽過了吧台上的點餐單，虞因自己填寫了起來，然後才遞給聿。

「沒見過，你們家什麼時候藏一個這麼可愛的小朋友啊？」吧台人員橫過身體，好奇地左右打量著聿，「最近的隱形眼鏡開發得越來越漂亮了，看你這麼可愛，大哥哥請你喝飲料。」語氣上下結尾部分出現了疑似愛心的泡泡，這讓聿馬上退了兩步。

「別嚇他，我弟膽子沒我二爸那麼大。」接過聿遞來的點餐單拋回去，虞因從錢包中拿出大鈔放在台上：「先幫我結帳，我們還要在樓上吃垮你們家的點心部。」

「吃得垮再說吧，小鬼！」找了零和發票，吧台的人笑了幾聲，旁邊很快湊來拿著飲料單的工讀生，請他快點工作。

「不打擾你了，那我們先上去吃飯囉。」拉著聿往二樓的樓梯，虞因笑笑地打完招呼往上走。

後面跟著的聿露出莫名其妙的表情。

「剛剛那個人叫作阿傑，調酒和調飲料的，是這家店的老闆之一。當初合夥的三個人，另外兩個分別是總廚跟點心師；這三隻跟我們家都很熟了，有機會再向你介紹其他人。」心情大好地拉著聿走上二樓的白色地板，虞因選擇了比較靠窗的位子坐。

在他對面坐下來，聿左右看了一下二樓裝飾。

和一樓充滿客人擁擠的感覺不同，可能是二樓開放時間還沒到，四周靜悄悄的沒有其他人，只有放點心的那張櫃台那邊，有幾個人正在忙碌地將剛做好的點心一一上架，準備應付待會兒的客人。

大概是樓下有先用內線打過招呼，對於非開放時間出現在二樓的客人，居然沒有人上前詢問他們是不是鬼打牆走錯地方。

他們並沒有等待很久，大約十分鐘左右，就有位服務生端上還冒著熱氣的精緻餐點，而且服務生後面還跟了一個熟面孔。

「唉呀，阿因，你也來這邊吃飯啊！」嬌滴滴的聲音打破了空氣中的寧靜，讓虞因下意識地翻了翻白眼。

走上前的是學校的同學，那個聽說是校花、很多人都喜歡，叫作李臨玥的傢伙。

「妳上來幹什麼。」沒好氣地直接回給對方這樣一句，虞因才發現那傢伙旁邊還跟了另外一個人。

「吃飯啊，樓下客滿了，剛好我男朋友的朋友和這邊老闆有熟，請他幫我們安排上面的位子。」勾著身邊高大俊逸的大男孩，李臨玥笑笑地這樣說著：「不過倒是你……你身邊這位是……？」

「我弟啦！」應了句，虞因轉著手上的叉子，將排餐旁的義大利麵給捲起來。

「喔，就是害你沒早餐吃的那一個喔。」很愛戳別人痛處的李臨玥無視對方丟過來的衛生眼，兀自笑得非常開懷。

很想給對方一句「囉唆給我滾邊去吃」的虞因，礙於她男友在場，所以才沒拋出話來。他盯著那個男生看了一下，然後轉開視線，注意到李臨玥的腳下輕踩著拍子。「妳又換鞋子了喔。」他隨口扯了個話題。

「你注意到了啊。」轉動著腳上的金色新涼鞋，李臨玥挽著男友的手在旁邊的空桌坐下來，「剛剛我男朋友送的喔。」

「買那麼多鞋子幹嘛，又不是章魚。」切開了雞排，虞因漫不經心地應著。

「你不知道嗎，女人如果沒有三雙以上的鞋子就出不了門，美美的鞋子可是生命啊。」轉動著腳上那雙漂亮涼鞋，李臨玥哼了哼。

「布鞋就可以出門了……等等。」虞因瞇起眼睛，放下了手上的刀叉，「我問妳喔，既然女生的鞋子這麼重要，那妳離家出走時會帶走吧？」

「當然是有多少帶多少囉，看是要平常穿的，還是玩樂穿的、約會穿的，喜歡的鞋子不放在身邊很討厭的耶；就算是旅遊好了，至少也會把常穿的鞋子給帶走嘛。」用一種「你很沒常識」的態度，李臨玥挑起眉這樣回應。

「那也就是說，妳至少會帶走鞋櫃上的一雙鞋囉？」

「才不咧，人家一定會把鞋櫃的鞋全都帶走。」

聽到這邊，虞因突然有種頭皮發麻的感覺。

離家出走都會帶走了，那私奔一定也會帶走可以打扮自己的東西，取悅情人。

但是葉家外面的鞋櫃擺得整整齊齊，顯然一雙鞋都不少地整排滿滿，那就是說，葉家的女主人沒有穿走任何鞋。

那麼，她是怎麼私奔的？

葉曉湘的鞋子放在最頂層，就連拖鞋也是。

那麼，她是赤腳自己走上頂樓的嗎？

對座突然傳來細微的聲響。

虞因回過神，看見聿放下餐具站起身，左右張望了一下。

「你要找洗手間嗎？」對方點了點頭，虞因轉頭指向右後方的走道，「那邊直走到底就會看到可以轉彎的地方，裡面就是了。」

點點頭，聿就直接往那邊走道走。

「不好意思，我也去洗手間一下。」與李臨玥一起來的男生這樣說著，然後很抱歉地露出一笑之後，也跟著走開。

盯著對方離去的背影，虞因才轉回來看著自家同學，「哪裡認識的？」他皺起眉，剛剛那個男生實在是……

「逛街認識的，我在看鞋子，他說今天當他一天女朋友就幫我買鞋子，反正又不上床，他愛買隨他去買。」李臨玥聳聳肩，已經很習慣這種人了。

「這樣妳也行？當心被人拖去強暴都不知道。」翻翻白眼，虞因實在是對她的交友方式抱持相當的疑惑。

「放心啦，我很會看情況的，而且也沒給他任何資料……說到這個，你幫忙保管一下我的錢包，星期一還我，我怕那傢伙趁機偷看我證件跟過來。」說著，還真的把皮包丟給虞因，自己只抽出兩張大鈔。

「靠，當心我拿妳證件去辦卡刷到爆。」

「人家很相信你不會這樣做的啦。」讓開身讓服務生上菜，李臨玥笑得很愉快：「別人我就不敢這樣說了，跟你認識那麼久，我很有把握你不會幹這種事情。」

「哼。」撇開臉，虞因懶得和她多爭辯，不過倒是收下那個錢包拽在背包裡。

「謝啦。」甜甜地笑了笑，李臨玥突然湊過去他身旁，說：「你剛剛是不是有看到什麼東西？」她注意到，自家同學的臉色一瞬間好像有變。

「沒很清楚，只看到個很像嬰兒的影子在他肩膀上閃了一下。」虞因咬著雞排說：「別忘記我是跳針眼，和大師不同。」他的眼睛會選擇性看東西，不是什麼都看得到那麼方便。

「嘖，我就知道那種隨便搭訕的不是啥好東西。」忿忿地咬了一口肉排，李臨玥瞬間考慮了很多事情：「等等吃飽飯我就甩掉那傢伙。」

「唉……」不想管對方的交友狀況，虞因將最後的肉塊吞掉之後，才開始攪拌已經半冷的濃湯。

是說，聿上個廁所怎麼上那麼久？

該不會是大號吧？

他看了一下手錶，大約十二點半。

「奇怪，那個人上廁所怎麼這麼久啊？」咬著叉子，顯然和他想到同一件事情的李臨玥晃著腳，自言自語著，「你們男生撇尿要撇這麼久嗎？」

白了對方一眼，虞因冷哼了聲：「我還眞想讓剛剛進貢的那個人看到妳現在的眞面目，大概會馬上逃吧，也不用讓妳甩了。」

「我剛剛才想到用這招甩掉他哩，好兄弟。」爽朗地笑著，李臨玥很樂地說。

「受不了妳！」

就在虞因放下湯匙，想去廁所看看是怎麼回事時，廁所那方向猛然傳來尖叫聲。

「聿！」幾乎是沒有任何猶豫，虞因拔腿就往廁所衝。

那條走道不長，一轉過去就看見點心部的服務生整個跌坐在廁所門口，張大嘴巴像是嚇到一樣瞪著裡頭。

越過那名服務生，虞因看著廁所內部，久久說不出話來。

整個廁所內部一團亂，一個不知道是被拽下來還是掉下來的水龍頭滾到地上，水管噴出了滾滾的水花。

靠裡面的洗手台鏡子整面破碎，整片浸滿水的地板上倒了那個進貢一雙鞋的男生，全身上下被碎片扎得都是傷口，鮮血在整片濕淋淋的地面上暈染開來。

唯一站著的聿不知道是被嚇到還是怎樣，錯愕地盯著地上的人，然後緩慢地轉過頭望向虞因，才一眨眼時間他已經衝到虞因面前拽著他的手往外跑。

虞因注意到他手腕上多了一圈瘀青，不是那個男的，面積很小，像是小孩巴掌的大小。

跌坐在洗手間外的服務生像是終於回了神，就扯開喉嚨大喊了起來——

「快報警！」

點心樓層的洗手間外很快就被黃線給圍起來。

「這下可好了。」李臨玥看著窗戶外不斷大響的救護車，幾個醫療人員正在把傷患送上車，半自嘲地說著：「連甩都不用甩了。」

目前的狀況是這樣，因爲服務生在廁所裡面發現泡水傷患一枚，所以他們這些當時都在二樓的人，就得乖乖留下來先配合問話。

渾身濕淋淋的聿打了一個噴嚏，身上披著剛剛店內員工拿來的大毛巾。

「唉，吃個飯也會出事。」虞因很無奈很無奈地嘆了口氣：「給不給人吃啊……」

裡面的警方人員來回繞了幾次之後，才走過來他們這一桌，「你們都是同學？」一邊翻著手上的筆錄，他一邊詢問。

「隔壁這個是我弟，那個女的是我同學，我們只是恰巧遇到。」虞因坐起身說著：「送醫那個男的是早先搭訕我同學來吃飯的，所以我跟我弟都不認識他。」他補上這一段話。

「瞭解。」做好紀錄之後，那名員警放下了手上的本子，「首先我們已經排除有人爲事故可能，現場看起來應該是水管老舊所以斷裂，接著強力水柱沖斷水龍頭，而水龍頭彈起撞破玻璃，於是剛好站在玻璃前的那位先生不巧成爲受害者。」

「眞是戲劇化。」李臨玥發出驚嘆，被旁邊的虞因推了一把。

「不好意思，就是這麼戲劇化，我們也很不想相信，不過現場勘驗結果就是這樣。」員警聳聳肩說著：「而且那位先生在上救護車前，也作證他有聽見東西斷裂的聲音和水聲，所以應該很快就可以結案了。」

「那意思就是我們可以走了，對吧？」虞因站起身說著。

「嗯，有問題我們會再和幾位聯絡，屆時也請麻煩配合。」那名員警相當客氣地說著。

「當然。」

就在員警離去而三個人各自要整理東西離開點心部時，一名服務生匆匆忙忙跑過來，手上還捧著一大一小的紙提袋，「不好意思打擾三位用餐的興致，這是我們老闆特別吩咐要我們重做一份的餐點，希望三位回去以後能夠重新品嘗我們店裡的特餐。」那人帶著滿懷歉意的笑容說著：「至於三位都買了點心部的下午茶時間，但是因爲今天可能無法供應了，所以本店在紙袋裡也奉上了兩次份的三人票卷，請三位先生、小姐能再蒞臨本店。」

虞因接過那兩只紙袋，大的那個是雙人餐點，小的是單人的，他把小袋子遞給站在一旁的同學，「幫我們向老闆道謝。」

「不會不會，希望三位用餐愉快。」那位服務生又行個禮之後，才微笑著離去。

「這家餐廳服務還真不錯。」提著餐點袋，李臨玥笑著說。

「一向都是這樣，妳不是也來過好幾次了。」哼了哼，虞因把聿遞過來的大毛巾摺好放在桌上，現在有空的員工大都忙著協助清理，看來也沒時間過來收走。「那我跟我弟要先回家了，妳的錢包還妳。」他翻出剛剛的寄放物拋過去。

穩穩地接住，李臨玥朝他拋了個飛吻，「謝啦，那我也要回家去吃飯了。」說著，她還揚揚手上的紙袋。

幾個人下樓準備離開，樓下依舊人潮眾多。

或許是因爲事發現場在樓上的關係，對下面餐廳部並沒有太大影響，仍然照常營業；且因爲接近傍晚，連外頭也開始出現了等待的排隊人潮。

避開了前面的用餐人潮，虞因拖著聿繞到後門出去。

一出了門，這才發現外面的天空已經是黃昏的晚霞顏色了，整片天空染成橘黃的漂亮顏色，遠遠看過去就像渲染開的顏料般。

「這個摩托車前面放不下，你拿好。」把紙袋遞給聿後，虞因回到前門發動了摩托車。

就在天色即將轉變之際，他們才從餐廳離開。

然後，天色開始轉黑。

□

回到家，屋裡還是整片漆黑的。

拿出鑰匙轉開玄關大門，虞因很快就確定大爸、二爸一定都還沒回家，不過早上有聽說二爸會回家，看來大概會比較晚。

一把拍開電燈，大廳立即映得明亮非常。

兩個人進到客廳後，已經餓了半天肚子的虞因把紙袋放在客廳桌上，打開取出了兩份還微熱著的餐點，發現袋子裡還附有一份小點心，讓他覺得老闆眞的很夠意思。

聿在他對面坐下，但是並沒立即伸手去取餐。

「你怎麼了？要先回房間換衣服嗎？」打開了鋁箔盤上的紙蓋，虞因瞄著他身上還有點濕的衣服，這樣問道：「不然先去洗個澡再出來吃？這個可以微波也可以放烤箱，不用擔心會冷掉啦。」

紫色的眼睛盯了他半晌，然後聿才低下頭打開筆記本，寫了些東西遞給他。

疑惑地接過來看，三秒後，虞因立即挑起眉，「你看到廁所的鏡子裡有奇怪的東西？」

他放下筆記本，有種不太好的感覺，「怎樣的東西？」

偏著頭想了一下，聿舉起了手掌在臉旁招了招。

「你看到鏡子裡有招財貓？」

一個椅墊馬上飛過來。

「開玩笑的啦，別生氣。」虞因連忙接住飛過來的椅墊，放到旁邊空位：「你看到鏡子裡有人在招手？」

聿點點頭，然後從位子上站起來往浴室走去。

不知道他想幹什麼，虞因也跟過去。

打開了浴室燈之後，聿把虞因推到鏡子前，然後在筆記本上寫字再放在鏡子旁邊。

「你說你那時候在洗手，看見鏡子裡有人對你招手？」虞因瞥了眼自家的鏡子，裡面只映出他和聿的影子，接著他馬上發現不對的地方，「等等，既然在鏡子前的是你，爲什麼受傷的會是李臨玥那傢伙的鞋子金主？」照這樣看來，那時候受傷的應該是聿才對吧？

沒有再多解釋，聿抱著筆記本繞到他後面。

就在虞因想轉過頭看他在幹什麼時，猛然屁股給人抓了一把，「你幹什麼！」他整個人嚇了一大跳，馬上轉過身。

正好站在他面前的聿伸出手抓他肩膀，然後兩人換了位置，他才慢慢遞上筆記本。

看清楚筆記本上寫了什麼後，虞因頓時覺得啼笑皆非，又有點想去醫院踹那傢伙幾腳。

筆記本上只短短寫了幾個大字：「大哥哥一個晚上給你五千好不好？」

「你是說那傢伙正在騷擾你時，原本在招手的那面鏡子突然破掉？」一手拍在聿的肩膀上，虞因突然覺得這是個意外事件加上性騷擾事件的雙案件才對。

聿很快地點了頭。

「這麼說，原本受傷的應該是你才對。」虞因微微皺起眉：「對了，你的手給我看看。」一把抓起對方的手，果然在手腕上找到了那個小小瘀青。

那時候大家的注意力都放在受傷的傢伙身上，他也只瞥了一眼。

在他眼前的瘀痕，看起來實在是不像大人的手造成的，而像是更小一點的小孩。

葉曉湘？

虞因立即就聯想到那個水鬼的記號。

「既然屍體都已經被找到了，爲什麼還是一直要衝著你來……？」照理來說，如果眞的是意外事故，找到屍體之後，那些東西往往就可以安息了。

很顯然，現在這個小女孩根本不打算升天安息。

「聿，我現在很認真地問你，你到底做過什麼事情，讓那個小鬼一直找你不找別人？」

虞因真的覺得事情不太對勁，通常會被做記號應該都有特殊理由，像他是看得見，或者是凶手、死者生前喜歡的人之類的……

要不然就是找替身。

可最近聿應該沒有去過會被找替身的地方吧？

偏著頭，過了大半晌，聿還是搖頭給他看。

「快給我想出來！不然你小命就不保了！」抓著他的肩膀，虞因開始猛力搖晃，「快點！把腦子想爆也要給我想出來！」

整個被搖得頭昏眼花的聿，連一個字也想不出來。

就在兩人僵持不下的時候，玄關處突然傳來了鑰匙轉動與開門的聲音，然後是腳步聲。

接著某個人走到浴室前就愣住了。

「……你們兩個在浴室裡幹什麼？」

剛回家的虞夏二爸只看見他的大兒子在謀殺小兒子。

而且還是在忘記上鎖的浴室裡。

□

在那個週六晚上因為被誤會在進行謀殺的虞因遭到大人海K之後，很快地，代課的星期一清晨在他的怨恨之下快速到來。

一早，虞佟如同往常一樣在廚房中準備著全家人的早餐。

「大爸，今天聿要跟我去學校喔。」早早就清醒準備完畢的虞因，一邊把背包丟到客廳的沙發上，一邊這樣說著。

「我知道。」將水果丟進果汁機開始打汁，虞佟探出頭來，「嚴司說，你這兩天有空的時候，記得撥通電話給他。」

虞因挑起眉，「好，我知道了。」

「你們兩個又在玩什麼把戲了？」感覺不對勁的虞佟隨口問著。

「沒什麼啦，不要想那麼多，會變老。」雖然他們看起來一直都很年輕。虞因回嘴以後轉過頭，剛好看到聿一邊揉眼，一邊往浴室晃過去。

「你會比我們快老吧。」有著無敵娃娃臉的爲人父者轉回廚房，繼續將灑好香料的麵包往烤爐裡塞。

踱步進廚房，虞因幫忙整理餐具，「對了，葉曉湘那件事後來怎麼樣？」

轉過頭，虞佟看了他一眼：「聽說她的家屬強烈反對解剖分析死亡原因，說是小孩子死在水塔裡沒人發現已經夠可憐了，他不想要他女兒再挨刀受罪。」這很正常，有些家屬會這樣堅持，且有特定信仰的人會更加麻煩，因爲他們堅信不能破壞遺體。

「沒有任何疑點嗎？」虞因有點起疑，一般人看見這種意外死亡大都不能接受，多少都會配合調查吧？

「有，很大的疑點。」將果汁倒入玻璃壺中，虞佟慢慢說著：「首先，我們在水塔與那個房間中採不到任何指紋──那顆球例外，球上面有小孩跟父母的指紋。」

「採不到？太乾淨了吧。」如果眞的是小孩玩耍的意外事故，至少一定會採到小孩的指紋，「該不會是用超能力打開水塔蓋，然後凌空跳下去溺死吧。」

「當然不是，我們發現現場有被人清理過的跡象，顯然這不是意外事故，至少已經能判定是人爲的。畢竟死者不可能厲害到自己溺死之後，再爬出來將所有接觸過的東西都清理好；如果眞的是這樣，那這案件就得轉交給靈異節目來接手了。」最後那句話當然是開玩笑的，虞佟把餐點都盛入大盤子裡，這才端著走往飯廳，「現場的監視器什麼也沒拍到，就連小孩跑過去的影子也沒有，我們判斷一定是有心人迴避了監視器進入水塔。」

那麼，問題就來了。

如果是不是住戶應該不會注意到那邊裝了監視器，只有大廈中曾經上樓過的住戶知道。

「那就不是意外事故，而是謀殺了吧。」幫忙端著餐點，虞因很快就得到結論。

「對，所以現在正在說服家屬做遺體解剖。」把東西放上桌，一想到那個堅持的葉先生，虞佟就顯得有點不太高興，「明明可以更進一步釐清案情的……」

「放心啦，反正船到橋頭自然直，總是會有辦法的。」虞因拍拍自家老爸的肩膀，然後在餐桌旁坐下。

虞佟笑了笑，也在另一邊坐下，「希望眞的是這樣。」他拿了餐刀將麵包切開，「奇怪，小聿怎麼上個廁所這麼久？」

「……大概又在裡面睡著了。」虞因翻翻白眼，前兩天那個「驚魂」事件他還記憶猶新。「我去叫他。」說著，就起身往浴室走去。

浴室靜悄悄的，就像前兩天一樣的情況。

他伸手用力敲了兩下，果然裡面還是沒有回應。

虞因翻翻白眼，正打算去拿備用鑰匙時，浴室的門猛然給人拉開，一臉莫名的聿就站在門旁看著他。

「沒事，叫你快點出來吃早餐，不然我們會來不及。」隨便找了一個理由搪塞過去，虞因這樣說著。

奇怪地看了他一下之後，聿點點頭，才轉頭往飯廳走去。

就在切掉浴室電燈之前，虞因聽見某種空洞的聲音從排水孔處傳來。

隆隆隆的，並不像是正在將水往下帶走的聲音。

疑惑地往排水洞走去，低頭一看，虞因突然覺得那麼一瞬間，整個腦袋是空白，無法形容他看見的東西。

那是一顆眼球。

在銀色金屬擋片之下，有一隻眼睛正在瞪視著他。

不是單純眼球的感覺，簡直像是被活生生的人瞪著一樣，連眼白的血絲都清晰得讓人無法忽視。

虞因往後倒退了好幾步，撞上了浴室的門，他抬起頭，赫然看見鏡子中出現了倒影，像是小孩的模糊身影就跟在聿後面不遠處。

他猛然轉頭，卻又沒看見聿身後有什麼東西。

「阿因，你站在廁所幹嘛！」

猛然一聲喝斥，虞因整個人被嚇回神，轉頭才看見虞夏站在浴室外盯著他看，「沒、沒事。」他回頭看了浴室，裡面已經什麼都沒有了。

「沒事就出來，我要洗臉。」虞夏打了個哈欠，瞥他一眼，直接把人轟出去才甩上門。

站在門口瞪著門板半晌，深深覺得沒有什麼結論的虞因才轉頭往餐廳走去。

已經在自己位置坐好的聿，看起來一點問題也沒有，就連什麼影子都沒看見。

虞因緩緩地在另外一邊就座。

「阿因，你怎麼了？」注意到他臉色不對，虞佟問著。

「沒事。」笑了笑，他立即搖頭。

這一陣子，要多小心了。

□

用過餐之後，虞家一行人和平常一樣各自上班做事。

和廠商約好要到學校收貨的虞因算了一下時間，得在第一節課之前就過去等了，不然怕會錯過廠商和宅配約定的時間。

「聿，我們也該出門了。」提著早就整理好的背包，虞因坐在玄關，一邊套著運動鞋，一邊朝屋裡喊著。

跑步的聲響很快就傳來，聿揹著不曉得裝了什麼的帆布包跑過來，很快就穿好鞋，拿了安全帽就往下面的庭院跑過去。

鎖上門之後，虞因走到摩托車邊，把包包塞進車箱裡，「今天我要教那群臭小鬼們做風鈴，你對手工懂不懂？」

盯著他，聿微微點了點頭。

「那好，這個借你用。」說著，虞因從上衣口袋抓了一支眼鏡出來，拍在聿臉上，「看起來像是一般的平光眼鏡，其實是很淺的淡黑玻璃，這樣你才不會被小鬼群抓著問到死。」

他找好久才找到這支朋友送的禮物，剛好用來遮掩聿的眼珠顏色。

接過那支眼鏡，聿對著陽光看了半晌，才終於戴上。

「其實不難看咧，你戴眼鏡看起來比較有文學氣質。」虞因咧了一下嘴，很滿意眼睛的紫色在折光之後已經看不太清楚了，「那我們也出發吧。」說著便發動了車。聿上車之後，兩個人很快地離開了虞家大門。

那間學校已經去過幾次，加上有稍微記路，虞因這次避開了逐漸出現的上班車潮，改走些小巷子，花了比之前更少的時間就到了代課的國小。

還沒到升旗和早自習的時間，校園裡的學生不多，大部分才正陸陸續續抵達。

他把車停在校門旁邊的停車格，向警衛打過招呼之後，便領著聿打算先到導師辦公室找齊老師打個招呼。

就在虞因打算開門進導師辦公室時，後面的聿突然一把扯住他的肩膀。

「怎麼……」話還沒問完，兩個很熟悉的聲音就先竄進他的耳朵裡。

是一男一女的聲音。

虞因疑惑地將手從門把上放開，然後悄悄地從窗戶往內看。

裡面除了一向早到的齊瑞雪，意外的還有葉曉湘的父親——葉立升。

失去孩子的學生家長一大早來拜訪老師嗎？

站在外面實在是聽不見兩個人的交談，不過卻可以看見兩個人站得挺近的，不知道在低聲交談些什麼。

在這邊實在偷聽不到什麼，虞因乾脆就大大方方一把推開導師辦公室的門，直接闖進去，「大家早！」他注意到遠處還是有些早到的老師，不過吃早餐的吃早餐、看報紙的看報紙，都在各自做自己的事情。

顯然被他嚇了一跳，齊瑞雪往後退了幾步，然後立即微笑著望向他，「早，虞老師，這位您應該已經認識了，是葉曉湘的父親。」

「我認識。您好，葉先生。」虞因很快地打過了招呼，對方同樣點了點頭。

「葉先生來詢問曉湘的一些事情，聽說警方想要解剖曉湘的遺體，不過葉先生認爲，死者已經安息了，也不想曉湘再挨刀，所以過來問問我的看法。」這樣說著，齊瑞雪示意大家換到比較寬敞的會議桌那邊聊。

「曉湘已經死那麼慘了，那些人還要動刀，我身爲一個父親，怎麼可能答應這種事情。」葉立升看起來有點激動，拚命堅持不驗屍的立場。

「呃……關於這個問題，我沒有辦法給您什麼意見。」虞因感覺腦後有點黑線。如果眞正要說的話，他絕對是站在進一步釐清死因那邊，然而這又不是葉立升想聽見的答案，「我看，還是你們跟其他老師聊聊吧，不好意思，幫不上忙。」

他很快離開了坐沒有多久的椅子，拉著聿快速走出導師辦公室。

那種場面不管怎麼說都尷尬啊……

不過，也由此可以看得出來，葉立升對於不驗屍的異常堅持。他相信二爸他們一定已經告知可能不是意外死亡，但是死者的父親來找老師討論的，不是身後事該如何辦理，卻是來講屍體不該解剖。

這樣會不會太奇怪了一點啊？

聿就走在他旁邊，快速地在筆記本上寫了字，移到他眼前，「為什麼不繼續聽下去？」

「唉，你以為他們會把重點說給我們知道嗎？反正一定會把同樣的事情一直講一直講，到最後什麼也討論不出來而了結。」大抵可以猜得到繼續待下去會發生什麼事情，虞因哼了哼然後說：「我才沒興趣一直聽他們講屍體要不要解剖。」

對了，說到屍體解剖就讓他想起一件事情。

「我給嚴老大撥個電話。」嚴司不知道找他做什麼，虞因一邊晃著，然後在一旁的矮牆上坐下。手機那端傳來很奇怪的音樂鈴，沒有多久就接通了。

電話那頭有點吵，好像有不少人。

「被圍毆的同學，興致這麼好一早就打電話喔？」首先傳來的是個欠扁的揶揄聲。

「找我的人應該是你吧？大爸說你叫我回電的。」沒好氣地應了對方這句，虞因晃著腳，看著聿在旁邊繞來繞去打量新環境。

「對啊，我昨天晚上檢驗了那具浮水屍，發現了有趣的事情，我想你會有興趣。」

虞因皺起眉，「家屬不是不給驗屍？」

「喂，不要太小看醫學科技，不動刀還是可以驗到某種程度的，好嗎。」手機那頭傳來賊笑的聲音，「屍體已經確認是死後落水，接著我們在她身上發現了一些奇怪的痕跡。」

「痕跡？」他瞇起眼，從背包裡抓出筆記本，很快地記錄下來。

「像是什麼東西壓過的痕跡，一條一條地呈現不規則的樣式，不像是綁痕……我個人覺得，那個看起來有點像是某種袋子的痕跡。」

「你的意思是說，她死了之後，被裝到袋子裡，然後趁沒人注意時才被棄屍到水塔嗎？」

「不排除有這個可能，另外我們也發現致命傷在頭部，有鈍物敲擊過的痕跡，大小看起來不像是棒子一類，反而是有點大、厚重的物體。」

將對方所說的都完整記下，虞因開始思考有什麼東西是這樣子的。

「欸，不多說了，我們要趁家屬還沒來進行阻礙之前，多做一點檢驗，先這樣，掰掰。」電話那頭掛得很匆忙，像是被誰催促一樣，讓虞因連「其實家屬就在我這邊」這句話都還來不及說出口。

收了線後，虞因看著本子上的字發怔。

這些代表什麼？

某個人殺了小孩，然後又棄屍。

他相信媒體一定會很喜歡這個聳動的話題。

虞因嘆了口氣然後站起身，一旁的聿注意到他的動作也走了過來，「我們去找個可以喝飲料的地方坐坐吧，等廠商電話了。」

說著，他猛然瞥到對面教室轉角出現個熟悉的人影。

是那個小班長。

虞因才剛開口，正想喊住對方打招呼，卻就一個字也發不出來。

他看見那個班長拿了一小束白色的花走在走廊上，然後他的背上慢慢浮出一個黑影。

一開始只是一團黑，但是很快就顯現出樣子。

先是一雙泡過水而潰爛拖在地面上的腳，然後是下腹、身體，滴著水的肩膀兩邊不齊，鬆鬆地垮著，像是被折壞的娃娃一樣，無力地掛在男孩的背後。

男孩毫無所覺，腳下的速度一點也沒減緩，維持著一樣的步履踏在走廊上。

然後虞因看見了一張腫爛得認不出原樣的臉。

滴著水的頭髮就貼在那張臉上。

他幾乎可以清晰看見剛剛嚴司才說過的那些奇怪痕跡，斑斑駁駁不一地散佈在那個腐爛的身體上。

接著，一雙眼睛從被頭髮覆蓋住的臉上睜開。

模糊到已經看不見瞳孔的眼睛慢慢轉過來，對上虞因。

他不確定那瞬間那張臉是不是笑了。

然後，男孩走過一個轉角，離開了。

8

「季佑胤！」

虞因兩人是在男孩轉進教室之後追上他的。

一踏入班級教室，虞因注意到還沒有學生來，整間教室空盪盪的，只打開了四周的窗戶，他想，大概是因爲他媽媽就是老師，季佑胤才會比其他同學都還要早到校吧？

被喊住的男孩停下腳步，疑惑地轉過頭，「老師？你找我嗎？」

他停在葉曉湘的桌子前，然後將花放在桌上。

盯著眼前的學生，虞因注意到他背後那個「東西」已經慢慢地滑下來，然後在座位上坐好，突出的眼睛直直盯著桌上的白花，「呃……你爲什麼把花擺在她桌上？」不是菊花也不是劍蘭，像是學校裡到處都可以摘到的那種小白花。

愣了一下，男孩馬上搖手慌忙解釋：「我不是在惡作劇啦……因爲我聽媽媽說，葉曉湘不知道爲什麼死掉了，我本來想拿去她家……可是我媽媽不准，所以想說，放在她的桌上，她應該也可以收到吧。」

「原來如此。」看到座位上那個東西似乎很專心地看著花，暫時沒有其他動作，虞因瞥了眼在教室裡隨便走動的聿，知道沒有暫時性危險後，才稍微放下心，「你好像跟葉曉湘滿熟的？上次也是都沒抗議，就幫她收東西了，對不對。」

「嗯，我以前跟我媽媽去過她家幾次，她在家裡跟學校不一樣，人很好，所以……」顯得有點尷尬，季佑胤搔搔頭，沒有繼續講下去。

大致上瞭解了他的意思，虞因也沒繼續追問下去。

就在教室內陷入一片沉默之際，外面傳來三三兩兩的說話聲，不久之後，早到的幾名學生紛紛踏入了教室。

分心轉過頭看了一下進來的學生，回過神之後，虞因發現座位上那東西也不見了，只剩下桌上的那束白花，「你們早自習也快開始了，那我就不打擾啦，等等上課見了。」說著，他就拖了站在後面看壁報的聿離開。

總覺得好像有什麼不對勁。

他們出教室不久後，早上打掃的鐘聲響起，慢慢有學生拖著掃把在校園內到處移動著。

左右看了一下，虞因找到了一處涼亭，帶著聿到飲料機買了兩瓶罐裝果汁之後，就往涼亭走去。

打掃的時間不長，一般大部分都是十到十五分鐘上下，很快地早自習鐘聲也在隨後響起，學生們又嘻嘻哈哈地全數返回教室，只剩下整潔人員到處巡查，打著環境分數。

「你知道嗎，我總覺得有些事情很奇怪。」將飲料喝得半空之後，虞因盯著對坐正在翻著不知道什麼書本的人，對方停止了翻動書頁，抬起頭望著他看，「一般家庭訪問很少會有老師把自己的小孩一起帶過去，就算是同班的學生應該也很少吧？」

他想起自己國小國中時，老師經常抽空去做家庭訪問的，後來高中也有過一次，結果那天剛好二爸在家所以被誤認，還亂回答一些有的沒有的事情，讓他的高中老師後來對他的家庭狀況存疑了很久。

聿盯了他半晌，接著才把筆記本遞過去：「她丈夫沒空帶小孩？」

「嗯，大概是吧。」虞因聳聳肩，接著眼尖地看見對面的草叢處有某些很熟悉的小偷影子，「喂！你們三個給我站住！」

當場被抓到之後，草叢裡先是安靜了半晌，然後動了動，這才冒出三個矮小的影子。

「又是你！趙良益，你前幾天沒被嚇死是不甘心是不是，還想偷跑！」直接走過去揪出那個大塊頭小鬼，虞因大聲罵起來。

「噓、噓，小聲一點啦，你會害我們被主任發現！」大塊頭的男生掙扎了一下，後面那兩個小孩馬上也跟了過來，「我今天沒吃早餐，想出去吃一下而已咩！等等升旗又沒啥事情，還不都是老師在訓話而已。」

「那一樣也是蹺課啦。」敲了男孩的腦袋一下，虞因用一種很受不了他的眼神瞥了他一眼，「你上次的傷怎樣？」

「喔，那個喔。」趙良益捲起了襪子，只看見腳上一整圈黑色的瘀青，其他什麼痕跡也沒了，「還是老師你比較夠意思，要不然等到主任來，我早翹了，謝啦。」

「呿，不想翹掉的話，我奉勸你最好還是乖一點比較好。」虞因涼涼地回敬他一句。

「對了，老師你應該也知道葉曉湘翹掉了吧。」大塊頭靠了過來，像是窺探著什麼祕密一樣低聲說著：「我爸說泡在水塔裡……」

虞因翻翻白眼，「聽著，這三位同學，你們現在最好馬上回教室去，不然我會直接打電話請主任來陪你們吃早餐的，相信我。」這些小孩子實在是好奇過了頭，不是什麼好現象，尤其是用在這方面。

大塊頭用手肘推了推他，「別這樣啦，老師，跟我講沒有壞處，我也可以告訴你另外一件事情啊。」

「什麼事情？」看著趙良益神祕兮兮的樣子，虞因總覺得似乎有必要問出來。

「老師，你跟我講葉曉湘的事情，我就告訴你。」將大人討價還價學得有三分樣的大塊頭這樣說著。

居然拿來要脅他，「那算了，我不聽了。」聳聳肩，虞因很快這樣告訴他。

大塊頭愣了一下，顯然是沒想到他居然這樣就放棄，看來可能本來好像有準備什麼的樣子，「可是……」

就在他想說點什麼時，恰巧虞因的手機同時也響了起來，是廠商撥來的電話，他看了一眼三個學生之後，接了手機。「喂？我虞因……嗯，到了喔，那我現在出去拿。」很快說完之後，他就把手機掛了，「聿，我們走吧。還有你們三個快點給我回教室，聽到沒有。」

不輕不重地捏了一記大塊頭的臉，虞因站起身，提了包包和飲料就往大門的方向去。

「老師！今天下課看你要不要交換喔！」沒死心的趙良益在他後面這樣喊著。

「再說吧！」

□

「阿司。」

上午，就在嚴司趁著家屬不在，與自家的工作團隊搶時間檢驗時，某個也是承辦人員的傢伙走過來，敲敲他們旁邊的玻璃隔窗。

「哈囉，老大。」跟同伴打了招呼，拿下大眼鏡之後的嚴司一邊抖著手，試圖弄掉手套上的黏稠物體，一邊走過來，「你怎麼突然心情這麼好跑過來了？」

看了他的手一眼，虞夏哼了哼：「我們調來監視錄影畫面，還是什麼也沒找到。但在水塔間門外發現了一枚可疑指紋。」他晃晃手上的報告說著：「剛剛已經比對出爐了。」

「喔？誰的？」乾脆把手套拉掉之後，嚴司與虞夏走出室內，走廊外許多人來來去去了，大部分都踩著忙碌的腳步快速經過。

「你那個頭痛的家屬的。」在飲料機旁邊停下，虞夏投了兩瓶氣泡飲料，遞了一瓶給眼前已經大半夜沒睡的同僚，「指紋朝下，是大拇指，大概在我的眼睛高度的門板位置。」

「真是個奇怪的位置。」嚴司打開瓶蓋，喝了口飲料，整個人有種稍微清醒的感覺。

「沒什麼好奇怪的。」虞夏把飲料放在飲料機上，然後將右手掌貼放在飲料機上，左手在下面做了一個拉開鎖的動作，「他只是想開門而已，水塔的門不是很好開，要施力點。」

「一般都用右手開吧？」他注意過那個很難搞的家屬，不是左撇子。

「嗯，那時候他肩膀上應該放了東西吧，所以才會這樣開門。」拿下飲料，虞夏說出自己的推測。

咧嘴一笑，嚴司看了他一眼，「那很好，你們現在該去找他肩膀上放了什麼東西吧。」

虞夏給了他一個拇指，然後從文件夾裡抓出一張紙。「我們準備去他家一遊。」他揚揚手上的搜索票，愉快地說著。

「祝你們旅途順利。」將喝空的飲料瓶往旁邊的回收筒一丟，嚴司也不多擔誤行動時間，打過招呼就往虞夏相反方向離去。

「希望你們可以多找到一點有用的線索。」虞夏笑了笑，往走廊另一端走開。

就在嚴司正想回工作室時，他注意到眼角像是有個影子閃過。

下意識地回過頭，一個不像是人影的東西正從面前的走廊轉過去。

如果他記得沒錯的話，那邊應該是往廁所的方向吧？

只猶豫了兩秒，嚴司放棄了回工作室的打算，然後順著剛剛那影子閃過的路走，轉過轉角，就是一男一女的公用廁所。

因爲清潔人員才剛來過，所以還散發著檸檬香味的清潔劑味道。

他當然不會眞的踏進女廁，要知道這邊的女生雖然是女生，但是每個都很凶猛，他絕對相信如果有偷窺狂潛進廁所，哭著哀求的一定不是那些上廁所的女同僚，而是偷窺狂。

考慮了一下，嚴司踏進了最尾端的男廁裡。

可能是正值忙碌時間，廁所裡一個人也沒有，乾乾淨淨閃亮閃亮的，地上的水漬還未乾，清潔劑的味道瀰漫了整個廁所。

看起來不像有人進來過的感覺。

在廁所看了一會兒之後，嚴司覺得自己正在浪費時間。

「嘖，昨晚沒睡，大概眼睛都花了。」他甩甩頭，因爲自己還眞的跟過來了感到好笑。

什麼也沒有，那就繼續回工作室工作吧。

就在嚴司想轉頭離開時，一個重重的甩門聲比他的動作要快上很多，猛一回頭，男廁的門不知道被誰關上了，沉重的聲音還在迴盪著。

很快地，整間廁所馬上安靜了下來，一點聲音都沒有。

「糟糕，最近應該沒有得罪誰吧？」聽見外面有疑似上鎖的聲音，嚴司搔搔頭，開始回想有沒有誰可能會這樣堵他。

不過，這惡作劇也太可愛了吧，他只在高中和大學時代看過，沒想到出社會還有人玩，眞想知道是哪個童心未泯的傢伙。

環顧著整間男廁，嚴司突然聽見一種空洞洞的聲音。

像是從排水管傳來的，但又不像排水的聲音，反而像是沒有水之後那種空空的奇怪回音。那個聲音逐漸變大，像是會移動似地，很快就到了地板下的金屬擋片位置。

基於好奇，嚴司走過去看了擋片，不過下面什麼也沒有，只是有很大的聲音而已。

接著他抬起頭，正好看見洗手台上的鏡子。

鏡子上緣開始滴水，鐵紅色的水。

就像他之前看過的一樣，水從鏡子裡緩緩地滲透出來，接著在鏡子上開始一點一點畫出了某個讓他熟悉到不想再看的圖形。

那是一張女人的臉。

他已經連續看過兩次的人臉，不過前兩次都是在他家，他沒想到這玩意還會自己移動。

「我記得我已經說過了，妳要顯靈，麻煩去找這方面的專家，我對這類事情沒興趣。」看著鏡子上扭曲的面孔，嚴司皺起眉。

話一說完，被鎖起的男廁外突然響起了巨大的敲門聲。

鎖就在廁所外面，聽說這棟建築物以前常遭竊，小偷都是從廁所窗戶進來的，後來就把廁所門的鎖改在外面了。嚴司不認爲敲門的人會沒看見鎖，尤其是在敲門聲越來越大之後。

一般人就算急到快拉下去了，也不至於用這種像是把門撞破的聲音來敲門吧？

他低頭看了一下，注意到門板沒有震動，門縫下也沒有出現影子。

那，現在敲門的是什麼東西？

嚴司認爲自己有了一個相當好的問題。

「我覺得，我根本不知道妳要我幫妳什麼忙，我們這邊認可的是科學鑑定，不是靈異相片，妳就算在每間廁所都顯靈過了，我想還是沒辦法當作證據，所以麻煩妳放過那些清潔人員吧。」他打賭，等等進來的清潔員工一定會詛咒玻璃上的塗鴉祖宗十八代。

敲門的聲響更加劇烈了。

轟轟的聲音迴盪在整個廁所中，排水管處不停傳來空洞的回音，各種聲音響得幾乎快要壓過嚴司說話的聲音。

他不懂那個鬼人頭想要的是什麼。

搞不好虞因那傢伙就會懂了。

可是爲什麼這東西老是要衝著自己來，一開始是他的住所，然後廁所，而且每次都還是一顆頭，她是沒有身體是不是啊？

……等等……沒身體？

無視於吵鬧的聲響，嚴司撥了手機，但是一發出訊息，就傳來極度吵雜的訊號干擾，完全無法撥出，「妳如果想找我幫忙，就給我安分一點！」幾乎是下意識的，他咒罵出聲。

說也奇怪，敲門和排水管的聲響像是一瞬間給人按掉開關似的，整個猛然安靜下來。就在安靜之後，這次手機很快就讓他撥通了。

鈴聲只響了不到三秒，對方就已經接起來並應答。

「哈囉，我嚴司。跟你打聽件事情，上次你借我的無頭屍體資料，找出身分了嗎……嗯？還不確定喔？不過有比對到身分，正要查證嗎……好，明白，謝謝啦。」

很快掛掉電話，嚴司將手機鏡頭對著鏡子上的人頭圖，用內建攝影功能拍下來，然後再撥了另外一通電話。

「老大？你到旅遊地點了沒？」他看著鏡子上的人臉，然後走過去扭開水龍頭，「剛剛有個傢伙送我一張塗鴉，你到旅遊地點後，如果興致不錯，順便幫個小忙，看看我等等傳給你的圖案，是不是和傳說中跟男人跑的女主角有點像。」

手機那頭很快傳來質疑的聲音。

「沒啦，心血來潮。」

夾著手機，嚴司雙手捧了水潑在鏡子血淋淋的圖像上，然後將它抹糊，「我現在在幹嘛喔？我在洗鏡子，不然我怕廁所清潔人員會恨我一輩子。」盯著被水逐漸洗去的圖，嚴司這樣說著。

然後他身後傳來細微的聲響。

男廁的門被打開了。

□

鐵線在小鉗之下斷掉。

「好，各位同學請小心地按照老師剛剛講的步驟，將小管子穿過鐵環……」虞因深深發誓，要是下次他再笨到聽老師的話來接這種什麼混帳打工的話，他虞因兩個字就倒過來寫！

「老師，我有問題。」

今天第三百號問題者舉手了，「我不會穿……」一個一手拿著小鉗子的女生用很無辜的眼神看著他。

「聿，你過去幫她弄一下。」拿著個半成品無法放手的虞因，向站在後面幫忙監督的某人這樣說著。

聿看了看那個小女生，走過去替她把畫著花的小鐵管穿過圈環，旁邊好幾個學生也紛紛探頭過來看，然後慢慢將管子都弄好。

「很好，那我們繼續下個步驟。」虞因這次給他們訂的是好幾個花鐵管組成的風鈴，雖然麻煩了點，但是比只有一個玻璃品加上撞鈴好很多，也可以拿來送人，成本也不貴，「把穿好的鐵管像老師這樣組合上去。」

他快速地把整個風鈴組裝起來之後，就掛在手上展示在全班同學眼前，「組裝好之後就會變成這樣囉，大家再加油一下就可以了。」

學生盯著他手上的風鈴，像是被鼓舞一樣，又開始興致勃勃地努力組裝起來。

放下手上的成品，虞因把材料大致收了一下，然後下了講台，開始來回走動留意學生的進度。這個風鈴其實送來的時候已經是半成品了，從一些小細節到組裝完成，正常會使用工具的人都不用花上半個鐘頭，但是，對這些小鬼來說，顯然夠他們玩上好幾堂課了，還罕見地連下課都沒有出去玩，就是凝神地進行手上的工作。

「聿老師，這個……」幾個手藝不太俐落的女孩子很快地纏上了聿，小小的手遞出組裝不起來的成品哀求起來。

小男生則用一種「求救是很丟臉」的表情，死都不肯發問，只是低頭和一個個鐵圈努力奮鬥著。

大致上繞了一下，虞因評估在午飯之前一定可以全都完成後，才稍微鬆了口氣，「今天做完之後，下星期還要再帶過來喔，老師再教你們做小裝飾，不想做的也沒關係，然後我們再一起打成績。」

「好——」

做出興趣的學生異口同聲地回答著，然後又立即低頭繼續努力。

看著班上的同學應該沒什麼大問題之後，虞因往外一看，注意到主任剛好走過教室門外，他微微一點頭致意，對方卻示意他出來一下。

覺得主任似乎要講些什麼，虞因向後面的聿打了個招呼之後，才走出教室。

「主任，你找我有事嗎？」邊回頭看著教室有沒有什麼騷動，虞因這樣問著。

將他拉到旁邊，主任低聲像怕學生聽見般說著：「班上有沒有人在傳葉曉湘的事情？」

聽見他這樣問，虞因立即明白了，「喔，倒是沒有，應該是不敢明目張膽地說，怕被罵吧。」他有看到趙良益他們在竊竊私語。

有時候小孩子的八卦速度跟大人有得比，他也不曉得到底多少人已經知道就是了。

主任明顯鬆了口氣，「那就好，剛剛來了一堆媒體要訪問葉曉湘的學校，我們讓警衛將那些人趕走了，我是怕有漏網之魚什麼的到班上來騷擾。」

「喔，我明白。」虞因笑了笑，他經常看見二爸爲了媒體的事情在發火。

越過主任的肩膀，虞因看見通往大門的走廊上走過一個人，手上還提著重重的公事包。

「齊老師下午沒課嗎？」

主任循著他的視線看過去，馬上笑了笑說著：「不是啦，好像是葉曉湘家屬又出問題，齊老師想趁著午休時間過去了解一下狀況……她對學生眞的很盡心。」

「這樣喔。」收回視線，虞因瞥了一下教室內，聿被好幾個女生抓住問問題，一時脫不了身。

「那就沒什麼事了，虞老師，你繼續上課。」主任拍拍他的肩膀，然後踱步回辦公室。

目送主任進入辦公室之後，虞因才正要回教室解救聿時，某個人又偷偷摸摸地竄了出來，「趙良益，不准在我的課蹺課。」蹺得太明目張膽了，他就算不想抓也不行。

出乎意料之外的，趙良益居然朝他走過來。

大塊頭的學生討好地笑了笑，「我不是要蹺課啦……老師，早上說的事情，你考慮好了沒有？不然我也可以把我知道的說給你聽啊。」

看來這小男孩還眞不是普通的八卦。

虞因挑起眉，「你說看看，如果只是無聊的話，我就馬上把你趕回教室。」

神祕兮兮地靠過來，趙良益低聲開口：「其實喔，上次我爸說，葉曉湘她媽坐男人的車那件事情之後，我爸有遇到那個男人喔。」

「喔？」虞因盯著他半晌，「繼續說下去。」

男孩咧了嘴笑，「那個人好像是徵信社的，因爲我爸懷疑下面有人在搞他，叫了一個徵信社的來，剛好是那個人。」

所以意思就是說，葉曉湘的媽媽其實是坐上徵信社的車子？

那只有兩種可能，一個眞的是她的情夫，另外一個可能就是……

老套的抓姦戲碼。

「你說的這個沒啥用，給我回去。」不想給男孩任何打探的機會，虞因立刻趕人。

「吼！老師你都聽了耶，不然我可不可以先出去買午餐，你假裝沒看到？」退一步討價還價，趙良益馬上改口。

「買你個頭，學校有營養午餐不是嗎，還出去買，你錢多喔！」敲了他的頭，虞因也很不客氣地說著。

「學校營養午餐難吃得跟鬼一樣……」

「你吃過鬼喔！不要給我亂打比喻！」推著他的背往教室走，虞因哼了哼：「我頂多讓你們提早五分鐘下課，你要去哪裡隨便你，再多的就沒有，如果你還要跟我討價還價，就給我坐到十二點打鐘再下課。」

趙良益癟了嘴，「好啦、好啦。」這才不甘不願地走回教室。

跟在男孩之後，虞因慢慢踱步走回去。

教室裡的同學差不多都已經做到一段落了，聿正好擺脫最後一個學生。

「好，那再加油一點，先做完，我們就早點下課去拿午餐喔！」

班上很快地歡呼了起來。

□

正午的太陽很快在操場拉出短短的影子。

虞因依約提早了近十分鐘下課讓學生去搬便當，現在正整理著手上已經做完的成品和工具，然後把工具收回工具箱，再塞進包包裡。

教室裡，好幾個女學生拿著不同顏色的風鈴快樂地在做比較。

「聿，今天辛苦你了。」看著邊推眼鏡邊走過來的人，虞因笑了笑，順手就把手上的風鈴成品拋過去，「這送你，等等我請你吃大餐。」折磨他一上午，也該好好犒賞一下了。

接住飛過來的風鈴，聿看著白色的花紋半晌，直到風鈴給風吹動、發出清脆聲音之後，他才慢條斯理地將東西收進自己的背包。

整理好東西之後，虞因一把提起背包往後一揹，搭著他的肩膀走出教室。

因爲還有一小段時間才會下課，路過好幾個教室都還靜悄悄地在上著課，而他們班的學生顯然就吵了一點。

走過教室走廊之後，虞因在導師辦公室前停下腳步，「先去向主任打個招呼，我們再離開學校。」

聿點點頭，就站在外面等著。

「你不進去喔？」看見對方搖頭，虞因只好聳聳肩，「那我很快就出來。」說著，他逕自走進辦公室找主任。

站在外頭的聿盯著正好在正前方的矮矮石礫洗手台看了半晌，然後才轉開視線。很快地，正午十二點的鐘聲響起，好幾個班級的學生像是放牢了一樣衝出教室，有的人還未吃午餐就拿著籃球往操場跑，像是怕給人佔了位子似地。

大部分學生則往川堂去，搬了一籃接著一籃的營養午餐回教室。

看著熙來攘往的學生，聿轉過身去望學校的佈告欄，完全沒有意願去搭理偶爾傳來的老師好那種打招呼的聲音。

約五分鐘之後，導師辦公室的門才給人打開。

「不好意思，主任說要請我們吃這個，我和他講了一下話，順便道謝才出來。」拎著裝有兩個大果凍的小禮盒，虞因咧了笑容說：「還冰的，剛從冰箱拿出來，聽說好像是昨天假日他們不知道去哪裡買回來的名產。」

聿盯著那個果凍看。

「你喜歡吃這種東西喔？」虞因也看了一下果凍，一個葡萄口味、一個草莓口味，很常見的優酪果凍，封口寫著某觀光景點的名字。

看了半晌，什麼也沒表示，聿就移開了視線。

「你喜歡的話，兩個都給你也沒關係啊。」看他的反應應該是喜歡，虞因拍拍他的肩說：「原來你喜歡吃啊，那等等我們順道繞去大賣場買一些回家放，反正其他人也會吃。」

聿點點頭，然後快步往川堂方向走去。

虞因正想揶揄他，卻猛然看見聿前方幾步遠旁的矮洗手台上有一團黑黑的東西，不像是陰影，因爲那團東西是立體的。

洗手台的水龍頭正在震動，而聿即將經過。

「聿！站住！」虞因喝了一聲，馬上追了上去。

就在那一瞬間，水龍頭像是被什麼巨大衝力爆開一樣，整個猛然往外彈飛，馬上噴出大量的水花。來不及反應的聿就愣在原地，眼睜睜地看著那個水龍頭往自己當頭砸過來，他下意識地閉上眼睛等待疼痛來臨。

數秒之後，什麼痛也沒有，他只感覺到大量清水往他身上沖來，四周有學生在尖叫的聲音，以及——

「靠！又來了！」

聽見聲音猛然睜眼，他看見虞因的手就擋在他頭上，「媽的，連兩個月，嚴司那個渾蛋不知道又要亂取什麼綽號了！」

捂著猛然炸出劇痛的左手背，虞因幾乎是反射性地謾罵開來。

大量的自來水沖在他們身上冷得見鬼，旁邊還有幾個學生也被水沖得打滾，他能感覺到手背上熱熱的紅色液體隨著清水一起往下沖去的感覺。

水龍頭砸了他的手背之後，掉在一邊地上。

他肯定手背一定傷得不輕。

抬起頭，沒任何人看見的黑色東西還蹲在洗手台上，然後像是頭部的部位猛然滾出兩顆充滿血絲的眼珠子狠瞪著虞因。

感覺背後突起雞皮疙瘩，虞因賭著一口氣還是給「它」一記中指，「你想都別想！」

那個黑色的東西狠狠地瞪了他好幾秒之後，就這樣猛然消散在空氣中。

最後，四周響起了只有虞因才聽見的淒厲尖叫。

那是一種像是女孩發出的憎恨尖叫聲。

「該死，我血光之災了我。」甩甩頭，虞因拖著聿走出了水柱衝擊的範圍，攤開手，他的左手背整個血肉糢糊，被敲開了個很大的口子。

四周好不容易回過神的學生看見他滿手滿地的血，又大叫了起來。

「快點去叫主任來！」

「眞是衰爆了。」

被幾個小孩拱到保健室，又被保健室押到附近醫院急診室的虞因，現在腦袋只充滿了這些話。

被水龍頭打到的那隻手背整個皮開肉綻，看起來有點恐怖，才剛消毒過後所以沒辦法縫傷口，因此醫生只爲他上了藥，現在他正在診療室外面等藥。

聿在旁邊走來走去。

「麻煩那位站著的紫眼老弟，請你坐下好不好，我已經快貧血了，你還繞來繞去，不怕我眼花嗎？」他剛剛才流掉一缸血，不曉得那個水龍頭敲到哪邊，直到進急診室前，他手上的血都還沒停，嚇得主任他們以爲就快出人命了。

不過醫生處理得快，沒幾分鐘就終於慢慢有血止住的跡象。

停下腳步，聿看了他一眼，才在旁邊坐下來。

他們兩個現在看起來都很狼狽，不但全身濕答答的一直在滴水，還血跡斑斑，看起來活像殺人犯。

該死的醫院裡還開了冷氣，虞因只覺得現在自己就很像待在冰箱裡的一顆高麗菜，還剛剛噴過水保鮮的那種。

「虞先生？」拿著一包包藥包走過來的護士細聲地喊了一句，「這是您的藥，一天三次，三餐飯後吃。如果覺得手很痛的話可以加吃這邊這種黃色膠囊；如果有發燒現象的話，請吃這顆紅色的退燒。」簡單地把服藥方式大致講解後，她微笑了一下才離開。

翻看著手上一堆藥包，裡面至少有四、五種藥，虞因忍不住翻了翻白眼，這兩個月傷藥吃得有夠多的，都快可以吃夠本了。

剛剛那個護士又走回來，不過這次手上多出了兩條大毛巾，「這個先借你們用，醫院裡很冷，小心不要感冒了。」

接過那兩大條毛巾，虞因感動地看著那名護士，「謝謝妳，美女姊姊。」

「別亂講。」顯然被逗得很樂的護士笑笑地回了一句：「要還的時候，隨便找個護理站或是回收站放著就行了。」

「好——」

將大毛巾遞給聿之後，虞因趕緊包上身體，果然很快就暖和一點了。

看他們像是舒服一點之後，護士才又走去忙自己的事情。

坐在旁邊的聿猛然打了一個噴嚏。

「你不要告訴我……你剛剛是因爲太冷才爬起來走來走去的。」虞因用著很懷疑的眼神看過去，對方立即就搖頭，「那就好，我還在想說，該不會是我打斷你的取暖行動吧。」

白了他一眼，聿拿過兩個人的背包，裡面全都濕了，除了工具箱跟點心之外，紙類的無一倖免。

原本還有學校的其他老師跟來醫院，不過虞因算了算下午上課的時間，向他們說有撥過電話回家叫人來，才把他們全都打發走。

天知道現在正在警局忙碌的虞佟有沒有時間過來走這一趟。

看了一下手錶，大約兩點左右，虞因估計現在手傷成這樣，也沒辦法騎摩托車——而且他們兩個是坐便車來的，摩托車還丟在國小外面哩。

看起來只能找計程車了……不曉得計程車司機會不會被他們嚇到就是。

大概又過了一會兒，虞因把身體差不多擦乾之後才站起身，「我去買一點熱飲來喝，你要喝湯還是飲料？」他看著對面院內的便利商店問道。

搖搖頭，聿倒是沒特別堅持要什麼東西。

「那好，你在這邊等一下。」拿了錢包，就在虞因想起身去買東西時，一個影子就先擋在他面前了。

是個極度面熟的某傢伙，「被圍毆的同學，我眞的深深覺得你應該去改個運，人生會比較美好。」

果然又來了！

虞因差不多快翻白眼了，一抬頭果然看到應該不可能會出現在這家醫院的人，「你該不會又來這邊賺飲料錢吧？」他怎麼不曉得法醫還可以跨院撈的？

「我是賺飲料錢沒錯，不過我這次賺的是專程跑路小費。」站在兩人前面的嚴司咧了笑，然後半彎了身拍拍聿的頭，「又見面了，小聿。」

聿向他點了點頭，算是打過招呼。

「我大爸叫你來的？」懷疑地盯著說賺跑路費的人，虞因只有這個結論。

「對啊，他可眞準，我才剛下工換衣服、穿外套，他一通電話就說要請我喝飲料，麻煩我跑一趟過來接你們。」已經快要二十四小時沒有回到床上閉上眼睛的嚴司陰惻惻地笑著：「這讓我覺得其實應該敲你大爸的飲料叫作上等紅酒。」他收斂點，找一瓶等於他一天工錢的等級就好了。

「我很肯定我大爸一定會跟你說喝酒有害健康，他會請你天然飲料，例如小麥草原汁之類的東西。」將自家老爸摸得很清楚的虞因這樣回答。

聳聳肩，嚴司來回掃了兩個人一會兒，「我有帶工作室裡備用的換洗衣服來，乾淨的，你們兩個先去換一下吧，我不希望車上的椅墊沾滿血跡。」虞佟在電話裡大概描述了他們的狀況，所以他在工作室翻出了自己的換洗衣物，又強行搶了別人的帶過來，是明智的選擇，「我去買個熱飲給你們，沒挑食吧？」將裝著衣物的背包放在虞因手上，他隨口問道。

「沒有，感謝你，救星。」很快地收下那包乾淨衣物，虞因樂得搭著聿往廁所方向走去，「等等這邊碰面喔。」

「我馬上回來。」大步往便利商店方向走去，嚴司招了招手，消失在店家裡。

廁所並不遠，而且旁邊還有回收站可以讓他們放大毛巾，相當方便。

週一下午病患一向很多，但是意外地男廁裡人並不多，甚至有點空盪盪，和稍微擁擠的女廁成了對比。

虞因進去之後順手帶上了門反鎖，然後把裝著衣服的包包打開，「裡面還有毛巾，可以稍微把身上的血擦掉些。」他拋了乾淨的毛巾給聿，接著把裡面裝著的兩套衣服拉出來，兩套都是襯衫和牛仔褲，很休閒的行頭。

一套應該是嚴司的，尺碼和他差不多，另外一套不曉得是誰的，大了一點。他之前曾見聿穿嚴司的衣服，差不多大了一號，另一個不明贊助者的衣服，他就一定不能穿了。

「這套給你。」把嚴司的衣服遞給聿替換，虞因自己則站在門邊拉去上衣。就在他低頭想拿毛巾時，看見一道影子穿過門縫，顯然是在門外走來走去。動作不快，就只是來回走動。

「外面好像有人要用廁所，我們快點換一換吧。」隨便把身上的髒污大概擦拭一下，虞因速速套上有點大的襯衫，然後換了褲子。

乾的衣服至少穿起來比濕淋淋又血淋淋的好很多。

他一直注意著門縫，很奇怪的是外面那個人不知道是不急著上廁所還怎樣，完全沒有敲門催促，也沒出聲趕人，就是在門外來回走來走去而已。

一會兒，聿很快也換好乾淨的衣服，然後把髒衣服拿過來塞在他這邊的包包裡。

「好，那我們出去吧。」盯著地上的影子，虞因把背包拉好之後開了鎖，猛然打開了男廁門，「不好意思，剛剛……」

猛然止住了聲音。

門外什麼人也沒有，更別說有影子這種東西。

那剛剛那個是什麼影子？

虞因深深覺得有時候不要想太多會比較好。

□

「你們兩個有點慢喔。」

回到原位時，不知道已經買好東西多久的嚴司，一手抓著一個湯杯，坐在剛剛的位置上，看著兩個都穿了大一號衣服的小朋友，「喏，我們路上喝吧。」將湯杯遞過去之後，他拎了總共三個背包，率先邁開步伐往外走。

「東西我們自己拿就好了……」單手抓著杯子，虞因很快就追上去。

「嘖，我好歹也是個醫生，怎麼會讓傷患自己提重物。」瞥了對方一眼，嚴司這樣說道：「反正又不是很重，我的車一下子就到了。」

幾個人隨著嚴司的腳步，很快地穿過停車場，然後停在一輛銀色跑車前。

「法醫的薪水有這麼好？」第一次看見嚴司的車，虞因立刻挑起眉。雖然不是新款，但是就他所知，這款車可不便宜。

嚴司開了防盜鎖，然後先打開後車門讓聿坐進去，才開口：「二手的，這位同學。上一個車主是我學長，在我回國時說他急著脫手，廉價讓給我的，聽說從車商那邊買來開了差不多半年左右。」

「多便宜？」虞因上上下下打量了一會兒，這種名車聽說就算二手的還是很貴，尤其還是國外進口的。

「三折。」報了個數字給對方，嚴司幫他打開了前座的門之後，才繞過去進了駕駛座。

虞因吹了個口哨，那還眞不是普通便宜，「你學長是個有錢人吧？」邊問著，他彎身坐進副駕駛位。

「應該是吧，這麼好的車不曉得爲什麼要賤價亂賣，可惜了，不過就是因爲這樣我才撿了便宜。」發動了車子，嚴司一邊說著，一邊打開了音響，傳來的是悠揚的鋼琴音樂。

「這還眞的是……」

正想說點什麼的虞因一邊拉著安全帶，然後抬頭看了車頂。

於是他就這樣愣住了。

他對上了一雙視線，有個模糊人體陷了一半嵌在車頂，那張臉正好就在他腦袋正上方。

那雙帶著血絲的眼睛就瞪大著與他對看。

虞因只錯愕半秒，接著馬上裝作什麼也沒看見，又左右張望了一下，才低頭去扣他的安全帶，「我覺得，你學長沒有賣錯價格。」他可以感覺到上面的視線快刺穿他的腦袋了。

「你在說什麼啊，這台車賣半價也嫌便宜好不好。」轉動了方向盤，嚴司用一種「你們這種人都不識貨」的口氣說著。

「你學長有沒說過它是事故車？」虞因偷偷瞄了一下上面，那個嵌著的人體不見了。

「不是事故車，有驗過了，這台車很乾淨，而且我學長也不可能故意賣一台事故車給我。」流暢地開著車，嚴司看起來心情挺愉快地說著：「不然他自己知道下場會是怎樣。」

那下場到底會怎樣？虞因沒有把這個問出口。

既然不是事故車，這輛車怎麼會這麼不乾淨？

他有點疑惑，不過看起來嚴司的煞氣很夠，不但鬼屋影響不到他，鬼車好像也沒辦法。看了一下後照鏡，無事可做的聿已經開始打起盹了。

「對了，你二爸現在在我家樓上七樓做搜查。」打開了車內空調，嚴司關上車窗，阻絕外面大量的汽車廢氣，然後這樣說道：「來時我在車上跟他通了一下電話，聽說廁所有被處理過，很乾淨，不過屋主可能忘記蓮蓬頭也要洗這回事了，在上面驗出了血跡反應。」

「喔？」聽見這個，虞因精神跟著來了，「誰的？」

「你會驚訝的。」嚴司勾起笑，「我敢打賭一定不是屋主的，另外我傳去了鬼相片，就是上次我家牆壁跟廁所那個，聽說在七樓葉家的家中找到了女主人的相片，跟那張圖有很高度的姊妹相，雙胞胎的那一種。」

他想，這會兒虞夏應該已經把女主人的醫療報告調去和無頭女屍做比對了吧。

「無頭女屍是葉家的女主人？」虞因愣了一下，很快就聯想起來。

「我問了那邊主責的法醫和偵查人員，他們已比對到相似的ＤＮＡ，今天正要調來查證。」如果全對上的話，葉家女主人應該就不是葉立升所說的與人私奔，而是被謀殺了。

虞因皺著眉，然後想起了一個多月前聽見的那個廣播。

他不太明白，爲什麼一開始他會聽見那個廣播，可是後來找的是嚴司。

住樓下比較近是吧！

眞是人之常情。

那時間上就差不多了，一個多月前，嚴司剛好轉調到這邊沒錯。

「另外，葉曉湘的屍體我們不動刀檢驗的部分大致上結束了，死因就是我之前告訴過你被重物打死的，不知道是造成內出血還是怎樣，要實際動刀才會比較清楚。」

「嗯……」虞因正在思考著。

如果眞的是葉立升殺了女主人的話，那他殺了葉曉湘是爲什麼？

他記得第一次看見對方時，對方不太像那種凶狠的人，反而是有點怯懦、不容易幹下壞事的類型。

而無頭女屍的死亡原因好像也是個謎。因爲屍體被嚴重破壞，到現在還不曉得眞正的死因爲何。

就在他想著這些事的當下，嚴司所住的大樓很快就出現在眼前。

因爲還在辦案，所以大老遠就可以看見大廈外停了兩輛還在閃著燈的警車，旁邊一點的路邊停車位還有幾輛掛著紅燈的黑車，有些是他眼熟、經常看見的。

「看起來調查還沒結束。」同樣看見那幾台車，嚴司一邊說著，一邊按了地下車庫的搖控器，將車子往地下車庫滑去。

明亮的天空很快就讓幽暗的燈光取代。

將車停好之後，嚴司才熄了引擎，「收拾一下，我們下車吧。你們兩個應該也還沒吃飯，我等等叫外送過來。」

「喔，感謝你了。」轉頭叫醒後面的聿，虞因才開了車門下車。

「附近有一家餐廳很好吃，我請你們吃看看，包准你們會喜歡上的。」撥了手機，嚴司領著他們往電梯走。

看見電梯時，聿明顯猶豫了一下。

「沒關係，這次人多。」拍拍他的背，虞因很清楚他在介意什麼。

聿看了他一下子，然後才緩慢地點了點頭。

過不到幾秒，電梯的大門就在他們面前開啓。

「要上七樓觀光嗎？」

站在樓層鍵面板前，嚴司露出詭異的笑臉。

□

「阿因！你又來幹什麼！」

電梯停在七樓，沒有十秒鐘，一個很熟悉的吼聲直接貫穿所有人的聽覺，「不是警告過你，不要隨便到現場來嗎！」正在指揮手下蒐集線索的虞夏一看見出電梯的人，馬上就雷吼過來。

四周的辦案人員已經很熟悉這種場景，見怪不怪地繼續自己手上的工作。

「老大，別急著抓狂，他們是跟我來的。」連忙擋下衝過來的大怒神，嚴司咧著嘴皮皮地笑，「你兒子被水龍頭打個正著，虞佟拜託我去認領他們，我想說在吃午飯之前先來這邊運動一下，可以確保食慾。」

原本聽前半段再瞥了虞因手一眼，怒火有下降跡象的虞夏，聽到後面那段，整個火氣又起來了，「你把蒐證現場當成什麼啊！健康觀光道是吧！」一拳直接往嚴司頭上揮過去，不過讓對方給險險閃過了。

聽見外面的騷動，原本在裡頭客廳的葉立升很快就走出來，「咦……你們？」他看了虞因和虞夏，然後盯著虞夏身上的名牌。

天下沒那麼多姓虞的人都認識又撞在一起，尤其他剛剛好像還聽見兒子這兩個字，「你們是父子？」

他錯愕，整個震驚。一開始見面的時候，他還以為虞夏是二十出頭的菜鳥警員，後來才知道他是整個承辦小組位置最高的那一個，現在又聽到他有兒子，整個驚訝到最高點。

「喔，他是我爸沒錯啦……」虞因搔搔頭，不太想解釋親不親生的關係。

「這跟這件案子沒有關係。」很快截斷了廢話，虞夏惡狠狠瞪了嚴司一眼，然後才轉頭繼續針對葉立升，「葉先生，剛剛我們講到的應該是你妻子的問題吧？你確定你妻子眞的是與陌生人私奔嗎？」

很快就回過神，葉立升很快就篤定地回應，「就和我一開始說過的一樣，我妻子的確與人私奔，至於到哪邊我完全不曉得，這和你們搜房子有什麼關係！」

「有很大關係，首先你……」

就在虞因還想聽下去時，旁邊的嚴司拍了他一下，朝他眨了一下眼，然後就踏進屋子裡和認識的員警打了招呼，順便摸來一堆手套。

這是不合規定的行爲——

虞因可以想到事後二爸一定又會這樣怒吼。

不過，在四周的警員睜隻眼閉隻眼之下，他還是套上手套和摸來的帽子往房子裡走去，「聿，你跟二爸在這邊等，不要到處跑。」他經常來來去去這種地方習慣了，可是他不曉得聿會不會破壞裡面的線索，所以還是把他留在外面比較好。

聿點點頭，就站在虞夏旁邊乖乖等待。

踏進屋子之後，虞因馬上發現這裡的格局其實和三樓的差不多，只是這裡的家具多了不少，看起來就是一個小家庭的住所。

旁邊的廚房裡還隱約掛著圍裙，能夠感覺到這裡眞的曾經有過一位女主人。

「這裡的水龍頭很奇怪。」一名比較資深的警員認識虞因，就走過來這樣告訴他，「每個都用保麗龍膠和膠帶封死了，扭不出水。」

「他幹嘛要不讓水龍頭出水？」奇怪地說著，虞因跟著那名警員走到廁所一看，果然水龍頭每個都被封死了，無法使用。

這種場面只要一看就會很清楚了，封住水龍頭的人心裡一定有鬼。

「啊，對了！」虞因拍了下手掌，「我想起來了，第一次我跟葉立升見面時，他提了一大堆礦泉水和飲料，那時我還在想，他是不是都不自己燒水……」現在想起來果然很奇怪。

「我也看過幾次。」走過來這樣說著，嚴司笑笑地看了兩人一眼，「經常在買水跟拿空瓶去回收，看起來他應該早就知道水塔有問題了。」他想，接下來住戶們一定會對於屍水有很多意見，大樓委員會應該會有好一陣子頭痛了。

員警很快地在筆記上做了記錄，「我會回報給老大知道的。」他曖昧地朝虞因看了兩眼：「那個……阿因，你知道的，如果看到什麼『奇怪』的地方，記得通知我們一聲。」不能說投機取巧，不過老大的兒子有陰陽眼這件事情，早就不是什麼新聞了，也就是因爲他常常會注意到怪東西，他們才會睜隻眼閉隻眼隨便他亂走。

反正對辦案有利的話，何樂而不為。

「如果有的話，我會說啦。」當然知道對方在想什麼，虞因笑笑地走出廁所四處晃。

大部分的搜查人員都集中在客廳和廚房，原本收藏在櫃子的刀具全都給放上流理台面一柄一柄檢驗著任何可能的反應，有的人則是在尋找嚴司說過的那個致死重物。

虞因知道他們一定有個大致的假設可以比對凶器，看他們在這邊繞了有一會兒，顯然是找不到疑似的物品。

然後，他聽到一個聲音。

一個拍球般咚咚規律的聲響。

他轉過頭，看見應該是主臥室的房間關著門，門下的縫透著光，有個影子在門後來回走動著。

這個景象非常熟悉。

看著那扇沒打開的房門，虞因走過去敲了兩下，一點聲音也沒有，「我進去了。」他看了看底下的影子，接著一口氣拉開房門。

果然裡面什麼人也沒有。

有點大的臥室裡放滿了夫妻臥房該有的東西，像是化妝台或者是一旁的擺飾品什麼，引起他注意的則是旁邊稍微大一點的櫃子。

那是很多家庭都有的儲物櫃，上下兩大格，然後是布製的左右拉門，乍看之下還有點像是漫畫裡常常出現的東西。

他的視線就落在那個櫃子前。

蹲下身，虞因看了櫃子半晌，然後伸手去拉開櫥櫃。

就在櫃門打開的那一秒，他猛然與一張人臉對上。

一個模糊到已經看不清楚輪廓的女孩子在櫃子裡，凶狠地瞪著他。

沒料到打開會出現這種東西，虞因嚇了一大跳，整個人往後跌坐下去，重新抬起頭要看仔細時，櫃子裡面已經什麼都沒有了。

「我覺得總一天我一定會被嚇到心臟病……」覺得這兩個月裡遇到的，都比以前的還要詭異，虞因一邊拍著胸口，然後一邊往前探看著櫃子裡。

是個很普通的家庭用櫃，裡面放滿了衣服、棉被，和一些有的沒有的東西。

稍微翻了一下東西之後，虞因瞇起眼睛，隱約嗅到了某種奇怪的味道，不太像是除臭劑，反而有點像是某種臭味，不過很淡很淡，幾乎已經快不見了。

「換手囉，被圍毆的同學。」一把把他推往旁邊，不知道什麼時候出現的嚴司看了一眼櫥櫃，「你好像發現好東西了。」

「什麼好東西？」虞因被他這樣一講，整個莫名其妙的。

嚴司瞥了他一眼，笑笑地指了指旁邊的地面，「證據。」

順著他所說的往下看，虞因只看見自己的腳邊有著拇指般大小的血跡，已經乾涸很久了，上面黏著一根細髮。

「這個裡面也有。」招來路過的員警，嚴司搬出了棉被和衣服，開始專注找裡面可能會出現的東西。

看到幾個人紛紛靠過來，虞因不打擾他們的作業，站起身之後左右轉了一圈，沒有再發現什麼可疑事情，就退出房間。

外面的虞夏看起來應該是詢問告一段落，正好踏步走進來，「阿因，不要在裡面隨便亂跑，小聿還在門口等。」

「喔，好。」踏出房門口，虞因果然馬上找到那個蹲在鞋櫃旁邊看員警採證的小孩，「聿，我好了。」邊走出來邊拉掉手上的手套，和那名員警打了招呼之後才走過去。

聿立即站起身，眨著眼睛看他。

「被圍毆的同學。」嚴司很快跟著走來，然後把一串鑰匙和一張大鈔遞給他，「外賣好像到了，我在這看一下剛剛那個櫃子之後就會下去，你先去幫我開個門，順便收午餐吧。」

「剩下的是小費嗎？」開玩笑地接過了鑰匙和鈔票，虞因拉著聿去按了電梯門。

「如果有剩的話也沒關係啊。」

嚴司這樣告訴他。

□

很快的，虞因就知道為什麼嚴司會這樣說了。

在三樓門口和外賣結完帳之後，他拋拋手上剩下來的三個十元硬幣，深刻地明白這家餐廳眞的很貴。

不過分量很多，特別是剛剛送餐的人說點心有好幾份，這讓虞因想起來這傢伙好像老是以囤積甜點為樂。

「聿，你要先吃東西嗎？」單手提著重重的外賣，虞因用身體推開門，然後才抖著受傷的那隻手去抽回鑰匙，「看起來他應該還要等一下才有空。」

聿搖搖頭，抱著三個背包隨後走進去。

「你要等他下來吃？這樣會餓喔，還是你要先吃主任送我們的果凍？」在醫院時先喝了湯墊胃，虞因倒不特別覺得餓。

思考了一會兒，聿才點了點頭。

「那好吧，你把背包放在門邊的鞋櫃上就可以了，等等再問嚴司看衣服要怎麼辦。」踢掉鞋子，已經對這屋子挺熟的虞因提著外賣袋子先往裡面客廳走。

左右看了一下，聿對著白色的鞋櫃發呆，上面已經擺了好幾個文件夾和書，這樣直接放上去可以嗎？

他想到袋子都還濕濕的，也不知道要不要先把裡面的書拿出來晾乾。

如果不拿出來，他很擔心自己的書會這樣報銷掉。

想了想，聿決定先把背包裡的書本拿出來晾，以免一直放在背包裡會因為潮濕而毀掉。

就在拿出第一本書時，聿聽見了一個聲響。

那是半掩著的大門外傳來的電梯到樓的鈴聲，叮的一聲然後是電梯門緩緩打開。

再自然不過地，他站起身，打開門，看見了外面空無一人卻遲遲沒有關上門的電梯。

他記得剛才出了電梯之後，電梯應該就停在原樓層沒有移動了。

聿走出門，看著那個沒關上的電梯。

依舊是三面鏡子的電梯內反射出無限的倒影，像是通往另外一個世界的步道一樣，沉靜而令人覺得詭異。

然後，不知道在第幾面鏡子當中，出現了一個人在對他招手。

就在那麼一瞬間，聿突然想起來一件事情，一件他現在才想起來的事情。

他想起來第一次在這個電梯裡，他看見的是什麼了。

10

「聿！」

猛然被人從後拍了肩膀一下，聿立即回過神，轉頭只看見虞因站在他後面，一臉不解，「你在這裡幹什麼？先進來吃東西吧。」

他剛剛進客廳把甜點冰好之後，久久沒看到聿進來，走出玄關，才看到背包已經打開，書被抽出來，聿就站在門口，不知道在發什麼呆。

轉過頭，聿很快地關上了門，將書本放好之後，低著頭快步走進客廳。

被他的行動弄得滿頭霧水，虞因疑惑地看著他的背影，然後才跟著走進去，「我把果凍放在桌上，還有外賣附送的飲料。」

在桌子旁邊坐下，聿盯著果凍看了半晌才伸手拿起來。

虞因在另外一邊坐下。

屋主本人大概在半個鐘頭以後才回來。

「你二爸他們收隊了喔，另外葉立升也被帶回警局。」一進門，嚴司脫口就先這樣說著：「那個櫥櫃裡也檢驗到血跡反應，所以要請屋主回警局好好講清楚了。」

「這樣喔……」虞因點了點頭，其實他大致上也已經猜到葉立升與葉曉湘的命案有關，可是總覺得哪邊怪怪的。

一個人會這樣殺害親生女兒嗎？

尤其他看起來並不是那種人。

「凶器呢？」他想起葉曉湘的死因，是被重物敲死的。

「找不到，可能被丟了吧。」嚴司聳聳肩，走進客廳，「你們兩個怎麼不先吃東西，都涼掉了耶。」他打開外賣袋子，把裡面的餐點一個一個排出來。

「主人不在我們自己開動，不是很奇怪嗎。」在桌旁的位子坐下，虞因笑笑說著，然後把找零拋回去給他。「我剛剛想起一件事情，上次我來的時候……也就是找到屍體那天，有看見葉先生拿了一堆塑膠袋要去丟，好幾個那種特大的大黑垃圾袋，後來你說了屍體上有塑膠袋的痕跡，你應該明白我要說什麼吧？」

頓了一下，嚴司才慢慢打開裝著蔬菜的餐盒，「你的意思是說，會這麼晚才發現，是因為他裝在袋子裡面？直到那一天才把屍體倒出來，帶著袋子去丟？」

「你覺得不可能嗎？」虞因看了他一眼，然後把主餐遞給聿。

「因爲覺得很可能才會驚訝到，不過，這也說明了爲什麼泡了那麼多天我才發現。」立即撥通了手機，嚴司給了他一記拇指，「我們大樓資源回收假日休息，每週二、三、五各來一次。」

也就是說，很有可能袋子還在回收筒中。

電話很快接通，嚴司一邊講，一邊離座，然後站到窗戶附近和對方講了一些事情。

「聿，你還不吃？」看著坐在對面的聿似乎盯著桌上的東西發呆，虞因伸出手掌在他眼前揮了揮。

像是大夢初醒一般，聿很快回過神，然後才低頭開始有一口沒一口地吃著東西。

拿著附贈的湯匙一邊撥弄著餐盒裡的餐點，虞因看著精緻的食物，慢慢思考著他覺得怪異的地方。

他眞的覺得葉立升給人的感覺不太像凶手。

但是如果他不是凶手的話，那誰才是啊？

「告訴你們一個消息。」收線之後，嚴司走回來坐好，「老大剛剛也給我一個訊息，他說那具無名女屍已經確定是葉立升的妻子沒錯，能驗的全都驗完了，貨眞價實。」

這也就是說，葉立升的妻子和女兒都死了，其中一個還死了一個多月。

「那麼葉立升說他老婆跟人跑了，應該就是說謊了。」虞因的指腹蹭著湯匙，皺起眉。

他想不通，如果他老婆真的跟人家跑了，那趙良益說的那個徵信社的人扮演什麼角色？

她上了他的車，如果真的是她外遇，那麼徵信社的人應該早早就替她報失蹤了。

但如果不是外遇……

那麼她在監視誰？

或者真正外遇的其實並不是葉立升的老婆？

虞因想到許多的可能性，越想就越讓他開始有點發寒，其中有幾個巧合的可能讓他開始覺得，他們或許忽視了某種可能。

他覺得，葉立升並沒有動手殺人。

那個人所做的事情只是把屍體丟棄而已。

虞因不相信他有動手。

□

「葉立升承認殺人了。」

就在蒐證後的第二天晚上，虞佟帶回這個消息，時間是晚上七點，電視上正播放著晚間新聞，頭條就是水塔女童屍案和無頭女屍案宣佈破案；每個受訪的住戶都譴責凶手狼心狗肺，而同事則都震驚直呼不可能云云的。

正在自家客廳看新聞的虞因愣了一下，抬頭看著剛走進門的人，「他全承認了？」

「嗯，其實昨天晚上就承認了，因爲證據比對全部符合，另外從回收筒裡找到的垃圾袋也有葉曉湘的血跡，化驗後在袋子上找到了葉立升的指紋，所以他就全部承認了。」一邊扯下領帶，虞佟推了一下臉上的眼鏡這樣說著：「他承認，是因爲妻子出軌，他一時失去理智，所以順手拿菜刀砍了她的脖子，後來在廁所將頭顱切下後，將身體帶去郊區棄屍，而頭顱和凶器因爲當時慌亂，他完全不記得丟在哪了，現在警方正在棄屍現場擴大搜尋凶器。」

虞因跟聿相對了一眼，「他在哪邊砍了他老婆的脖子？」

「廚房，他說那時候他老婆正在煮宵夜。」把公事包拿回房間，虞佟將一身的西裝都換掉，改穿了比較輕便的T恤往廚房走。「他棄屍之後，過了一陣子比較冷靜，開始害怕被發現，所以漂白水、消毒水、什麼衛浴清潔劑都用上了，把整個廚房和廁所都洗了，所以我們才驗不到東西。」

站起身，虞因跟著走到廚房的入口，一邊盯著正在轉台的聿，一邊搭著聊天，「那爲什麼殺他女兒？」

「好像也是失手，他爲了殺妻的事多日失眠睡不著，之後整個心情躁鬱又喝酒什麼的，後來因爲女兒煩，失手就拿了東西往她頭上砸，接著才發現又闖禍了。」從冰箱中拿出幾樣菜，虞佟很熟練地開始處理，另一邊的火爐上則是早上就準備好的高湯，「他用垃圾袋包了女兒的屍體，只想到要丟棄，就丟在頂樓水塔，後來一連好幾天感到不安，所以才又跑回去解開了垃圾袋。」

一切聽起來都是那麼合理。

沒錯，太過合理了。

這反而更讓虞因覺得不對勁，「二爸認爲呢？」

「夏覺得他不像說謊，測謊也通過了，他說的是實話，只是前後兩樣凶器，他忘記丟在哪邊，造成了很大的麻煩，我想現在人應該已經被移送偵辦了吧。」拿下會起霧的眼鏡，虞佟一邊開火，一邊說著：「這樣這件案子應該就解決了。」兩件案子是同一個凶手，倒是減少了偵查上的麻煩。

盯著瓦斯爐，虞因猛然注意到一件事情，「大爸，你剛剛說，他老婆那時候正在煮宵夜對不對？」

虞佟轉過身，疑惑地看他一眼，「對，她在煮宵夜時遇害。」

「你們可不可以再去查一個地方？」他很介意葉立升認罪這件事，怎樣想都覺得奇怪。放下手上的東西，虞佟微微瞇起眼睛看著他，「阿因，你想知道什麼？」

「瓦斯爐。」看了看正在燃火的瓦斯爐，虞因這樣說著，「如果是煮宵夜的時候被一刀砍了脖子，那瓦斯爐裡一定會有血跡，下面的底盤也多少會有，我想不管怎麼清洗，應該不會清洗到那個地方吧？」

他想起來他瞥過葉立升的廚房，很乾淨沒錯，但並沒有清潔過後那種亮晶晶的突兀感。

「如果瓦斯爐裡有血跡，就代表女主人眞的是在那邊遇害。」虞佟盯著幾步遠的兒子，立即就明白了他心中的想法。

「如果沒有，就代表葉立升在說謊。」接下後面的話，虞因彈了一下手指。

「但是我想不出他說謊的理由，所有證據都指向他是這兩宗案子的凶手。」被這樣一說，也感覺到奇怪的虞佟偏頭思考了一下，抱持著不同的看法。

「可是，凶手一次忘記兩件凶器去處不是很奇怪嗎？」一件就算了，兩件會不會太誇張？虞因深深認爲有很大的問題。

「你懷疑有第二個人。」放下手上的東西，虞佟聳了聳肩，「好吧，我打通電話給你二爸，如果檢查出來是有血跡的，你就別再懷疑了。」

「好。」

退出廚房，虞因看著往窗戶邊去講電話的虞佟，然後才轉回客廳。

聿還坐在沙發上看電視，整個人抓著抱枕蜷成一球，縮在沙發角落邊。

電視上正上演小孩子們很喜歡看的動物類型卡通，但卻不是聿經常在看的那種節目。他通常是看語言類或國家地理頻道那些節目，雖然偶爾會看動畫，但也不會看這種幼童節目。

這讓虞因覺得他這一兩天眞的有點不對勁。

「我換台喔？七點還是新聞時間。」在沙發另一端坐下，虞因試探性地詢問，「聿？」

像是被驚醒一樣，聿猛然轉過頭看著他。

他根本沒在看電視？

虞因愣了一下，「我轉台喔？」

這次很快就點了頭，聿抱著大抱枕把視線移回電視上，像是在專心地看著新聞報導，沒有什麼特殊反應。

疑惑地頻頻偷瞄坐在另一端的人，虞因不曉得爲什麼他的樣子看起來會那麼奇怪——雖

然他平常就很奇怪了。

電視上正報導著別的縣市發生火災，造成民房燒毀，幸好沒有人在裡面的事情，很快又轉移了變成哪邊又破獲竊盜集團……

整節新聞看下來，其實虞因並不是十分用心，五則新聞裡有三則不曉得在講些什麼，他盯著聿手邊那個像是水漬的濕潤痕跡。

事情還沒有結束。

「聿。」關上了電視，虞因坐過去拍了他的肩膀，「你是不是有什麼事情沒有說？」

鬆開了手上的抱枕，聿微微抬了抬頭看了他一眼，然後搖搖頭。

「你給我的感覺像是在說謊，你已經發呆很久了，剛剛大爸在說命案的事情，你也沒去關心，這讓我感覺非常奇怪。」聿對命案的好奇心不下於他，可是卻反常地沒在聽，這讓虞因的疑心越來越重了。

紫色的眼眸只看了他幾秒鐘，虞因接著看見的是被拋下的枕頭，與直接站起身走回房間的背影。

好吧，算他多事。

「瓦斯爐裡沒有血跡。」

稍晚一點，返回的虞夏帶來這樣的消息，「我讓他們把瓦斯爐整個都拆了，一點血跡也驗不出來，看來被害人遇害的地點並不是在廚房。」一邊亂丟外套，他一邊這樣說著。

「葉立升在說謊。」很直覺就這樣認定了，虞因看著那個把自己摔在沙發上休息的人。

「可是，說這個謊對他有什麼好處呢？」端來了溫著的宵夜，虞佟疑惑地問著。

「天知道，小聿人咧？」左右看了一下，只看到那對父子，拿著筷子攪拌了大碗裡的麵條，虞夏隨口問道。

看了一眼緊閉的房門，虞佟轉回過頭，「不知道怎麼的，吃過晚餐早早就回房間去了，大概是在看什麼書吧。」

「嗯。」沒有多想，一邊啃著宵夜，虞夏轉開了電視，新聞台上依舊播著的是以葉立升爲主的頭條重點，不停重複。「明天上班我會再仔細訊問，看他說那個謊要幹什麼。」憑著多年的經驗，他也感覺好像哪邊不對勁了。

「那個……」正想講些什麼的虞因才剛開口，一連串的手機音樂馬上打斷他的話。

所有人都把視線放到虞佟身上，那支掛在腰際的手機，「嗯？阿司，這麼晚打電話來做什麼？」看了上面顯示的名字，他疑惑地接通，「我虞佟，有事嗎？」

對方一接通，馬上劈里啪啦地說了一大堆的話。

「等等，你等等，我聽不是很清楚，你再重說一次？」虞佟皺起眉，然後將手機改調到最大音量，讓室內的另外兩個人都可以聽清楚。

手機的另一端很吵，背景塞滿了人的聲音。

「我剛剛說，你一定想不到有這種蠢事！」似乎是為了壓掉周遭吵鬧的環境，嚴司的聲音非常大，幾乎是用吼的，「老大也在對不對！你們知道嗎，那個檢驗屍體的笨蛋弄錯了一件事！」

虞佟跟虞夏幾乎是同時下意識地交換了眼色。

「那個沒頭的被害人根本不是被砍死的，她是死後才被砍頭的！」聽口氣是有點生氣，後面混亂成一團，似乎可以辨認出很多嚷著重新檢驗的聲響。

「等等，你的意思是，死亡原因和葉立升的證詞不符？」虞佟愣了一下，馬上反問。

「對，那天本來安排驗屍的人沒去，結果是個菜鳥負責，他把屍體驗錯了，頸子上的斷口我剛剛仔細看過了，是死亡之後才被切斷的，不是生前造成的。」

「你現在在屍體那邊!?」

「對，我重新看了一次報告，覺得很奇怪，所以跑去逛了一下。」手機後面的吵鬧聲音似乎減弱了，嚴司的聲音也小了些，像是遠離吵鬧環境，「這樣一來，葉立升的殺人供詞就不符合了。」

馬上抛下筷子，虞夏劈手奪過了那支手機，「把報告準備好，我馬上過去。」

「嘿，你是二十四小時便利商店啊，老大。」揶揄的聲音從手機那邊傳來。

「囉唆!你告訴他們，我到的時候沒看到初步報告，他們就死定了。」把手機抛回去給兄長，虞夏端起那碗麵快速地扒到見底，接著拉起剛剛亂丟的外套就往身上套，「我現在過去那邊的工作室，可能明天早上回來。」

「開車小心一點。」虞佟抓著手機這樣說著，然後才將話筒靠近，向嚴司交代一些剩下的事情，之後才掛斷。

放下手機後，虞佟轉回頭，看著虞因：「我想，搞不好你是對的。」看來他們疏忽掉一些東西了。

「咦，大爸，你不用去嗎?」他還以為身為內務的大爸也會跑去檢視錯誤資料。

「啊啊，不用，現在應該那邊的同仁已經去整理了，明天早上上班時再分檔就可以了。」微笑地聳聳肩，虞佟這樣說著：「畢竟這案子主要還是你二爸負責的。」

虞因點點頭，雖然不是很清楚他們裡面的制度，不過大爸說怎樣就是怎樣囉。

瞥了一眼客廳的時鐘，短針即將往一點的方向走去，「我要去睡覺了，明天早上有課。」伸了伸懶腰，虞因打了個哈欠說道。

「嗯？時間也不早了，你先去睡吧。」想起來還要回房去整理些文件，虞佟也站起身，稍微將客廳的東西給收拾，準備回房工作。

「晚安。」

打過招呼之後，虞因回到自己房間。

一關上房門，整個房間幾乎都是安靜的，一點聲音也沒有。

轉開了床頭的收音機，調到自己最常聽的廣播電台，他把自己拋在床上，聽著電台播送的音樂一如往常的輕鬆，他微微閉上眼睛。

很快地，電台音樂過後改為主持人正在空中對聽眾說話。

他在思考，葉立升說謊是要保護誰？

翻過身，他拿過床頭的筆記本，不曉得為什麼，他總覺得需要把聽到那個新聞廣播以後的事情全都重新想過一次。

乍看之下，好像完全沒有什麼關聯，可是卻又有關聯。

包括他在小學代課時所見的一切。

他不太確定葉立升他老婆找了徵信社的人是爲了監視誰。但是，如果被目擊到她在學校附近上了那個人的車……

基本上，一個媽媽到小學附近接女兒是正常的行爲。

但是接女兒之前，跟徵信社約在學校附近，那就代表了那時候他們要找的對象就是在小學一帶了。

可是，小學都是學生，她想找誰？

「等等，小學裡不一定都是學生……」停住了筆，虞因猛然想起這件事。

小學裡除了學生之外，還有老師。

葉曉湘的媽媽跟徵信社在小學外面要確定的就是老師？

哪個老師跟葉家的互動過於密切？

虞因突然覺得自己可能有答案了。

「所以，那時候她才會這樣啊……」拋下筆，虞因連忙翻起身摸索著床邊的手機。

就在他指尖觸碰到手機殼時，旁邊的音響突然傳出了雜音，原本正在介紹音樂的主持人的聲音整個混雜了起來，像是被什麼干擾一樣，不停發出尖銳詭異的聲音。

皺起眉，虞因伸手去轉掉頻道，但沒想到轉了幾次，頻道依舊夾著令人起雞皮疙瘩的高噪音，聲音幾乎都一樣，換頻也沒有改變。

「電波干擾嗎？」疑惑著關掉電源，虞因盯著音響看了半晌，然後重新打開音響。

這次，音響一點聲音也沒有，不只噪音，連廣播都消失了。

四周很安靜。

盯著明明是打開的卻連一點雜音都沒有的音響，虞因放下了手上的手機，稍稍仔細聽還是可以聽見機器在運轉的聲音，但是廣播就是毫無反應。

他可沒有聽過電波干擾會連聲音都消失的這種事情。

猛地他突然感覺到整個背脊都在發寒，手臂上卯起來起雞皮疙瘩，這種熟悉的感覺讓他意識到某件事情，「該死！」

就在虞因跳下床之後，音響突然啪的一聲整個斷了電，這次連運轉的聲音都沒有了。

快速將電源線給拉掉，他左右看了一下，就怕連電燈都斷電了；他一向很討厭在黑黑的地方和這些東西打交道，會讓他覺得備受威脅。

然後，他聽見某種類似拍球的聲音，在房門外。在門縫底下出現了來回走動的影子，但是虞因記得，只要大爸回房的話，一定都會將走廊燈關上。

那影子是怎樣來的？

四周的溫度像是在降低，虞因皺起眉退了兩步、正想做點什麼的時候，他身後的音響突然發出喀喀的聲音，然後音響上的電源紅燈突然自己亮起來了。

他注意到下面的電源線根本沒有接上。

現在他只慶幸電燈還是亮著的，「妳還想做什麼？警方都已經介入搜尋了，很快就會抓到凶手了，妳也應該離開了吧。」如果他推理的方向沒有錯，那另外一個人應該就快要被盯上了，落網是遲早的問題。

門外的影子閃動得更快了一點。

虞因聽見那台音響突然響起了剛剛的廣播，接著是被干擾的刺耳噪音，慢慢地，他居然可以在噪音中聽見了很小很小、像是小女孩子般的聲音，不停在說著同樣的話——

「是他自己答應要跟我走的——！」

帶著像是怨恨的聲音夾在噪音當中，那一一句不停重複，接著四周的雜音慢慢轉變成像是水的聲響，然後又讓音波給扭曲，聽起來極其詭異。

「誰答應跟妳走？」注意到那段話的意思，虞因突然整個人發寒了起來，「誰答應要跟妳走！」

他有一種非常不好的預感。

音響的聲音猛然崩斷，電源燈瞬間熄滅，再也發不出任何一點聲音。

「葉曉湘！給我站住，說清楚誰答應過妳了！」對著音響吼了一聲，虞因馬上轉過頭，原本在他房門縫下面那個陰影猛然往旁快速消失，他想也不想立即衝過去一把拉開房門。

然後，他愣住了。

房間外出現的並不是他們家的走廊，甚至不是他熟悉的地方。

他看見的是一扇門。

更正，他看見在他門外的是另外一扇左右開的門——緊閉的電梯門。

虞因倒退了兩步，他甚至可以在光滑的門上看見自己的倒影和背景，背景不是他的房間，而是那個有著三面鏡子的電梯空間。

猛然回頭，他看見他身後仍然是他自己的房間擺設。

一個聲響傳來，電梯門左右打開了。

門外，是沾著黃色的地面、濕潤的空氣，以及那個機器運轉的聲音。

一滴水落在他的髮上。

他聽見了一個聲音。

電梯外，一個小小的拍球聲音，那個聲音越來越接近，從門的另一端傳來。

想走過去將房門關上，可是虞因感覺到腳步一點都無法邁開，他只能站在原地，看著一個小小的影子抱著一顆球走到他面前。

那是個低著頭的女孩子，和他在學校、在大廈中見到的那幾次一樣。

然後女孩對他伸出了手。

看著眼前朝自己伸來的手掌，虞因第一直覺就是絕對不可以去碰，否則一定會出事。

僵持只有幾秒的時間，女孩的手依舊懸在空中，她緩慢地抬起了頭，雖然完好但整個是死白的面孔與灰白的瞳孔看著他，開啓了唇：「是他答應要跟我走的……」

那一瞬間，電梯門整個關上，房門就在虞因的眼前被甩上，發出了巨大的聲響。

女孩不見了，四周安靜得連一點聲音也沒有。

猛然一回過神，虞因只感覺到一股濕冷，他低頭才發現自己幾乎全身都像是被泡過水一樣濕答答的，甚至還有水珠落在地上。

他不明白這是什麼意思。

她特地上演了這個畫面……

不對！

他搞錯了！

瞬間想到什麼的虞因，毫不考慮地甩開剛剛才鬧過鬼的房門，外面走廊整片漆黑，門彈開之後發出了巨大的聲響。

斜對角的房間在幾秒之後，馬上也被人無聲無息地打開，「是誰！」

虞因覺得自己幾乎可以聽見槍枝上膛的聲音，可是從這的角度看過去卻看不到人，「大爸，我啦！」他走了幾步拍開走廊的電燈，才看見那個房間的虞佟收起手上的東西走出來。

「半夜你撞門幹什麼？」放鬆警戒之後，虞佟瞪了他一眼。

「等等再解釋。」快步往聿的房門前衝，虞因用力拍打了房門，「聿，開門！」

那扇門久久沒有回應。

太安靜了，什麼聲音都沒有。

「用這個。」虞佟很快拿來全屋的鑰匙。

接過那一大串的鑰匙，虞因快速轉著房門的鎖，他希望一切就和上次的浴室事件一樣，裡面的傢伙只是睡太熟沒聽見而已。

門不用幾秒鐘就給打開了。

迎接他們的則是空無一人的房間以及被打開的窗，窗邊的窗簾被夜風吹得翻滾不休。

「聿不見了。」

「社區管理人說沒有看到像小聿的人離開。」

那天晚上虞因和虞佟沒多做什麼休息，四處找了整晚，可就是沒找到人。「你想想看小聿還會去哪些地方。」清晨時候在家裡碰頭，虞佟這樣說著，「我還得去上班，等等會先把小聿列入尋找名單，請其他人幫忙注意。」一個晚上沒有睡覺，他看起來已經有點疲倦了。

「我再去附近找看看，搞不好是摔到水溝還是哪邊……」虞因點了點頭，開始評估著手傷可以騎多久的車。

「嗯。」

稍微交代了幾件事之後，虞佟才換上了衣服離開。

目送著老爸出門，虞因才回了空盪盪的屋子發呆了半晌。他突然想起，其實他根本和聿不是那麼熟稔，他不曉得聿會往哪裡去。

他不知道這和昨晚發生的事情有沒有關聯。

如果是葉曉湘要將他帶走的話……那麼應該是到嚴司家的大樓去了？

不對，大爸早先曾打電話給嚴司，他說，他們警衛整晚都沒有開門給人進去過。

眞的要從昨晚發生的事情去思考的話，還有哪邊是有關聯的？大廈、水塔、學校……這些地方都是她去過的……

「對了！水池！」虞因猛然想起來那個曾經有著怪東西的水池。

一想到可能的地方之後，他連忙抓了外套和車鑰匙往外走去。還是清晨，不到六點的時間，整個空氣冰冷到可以，路上有些霧氣，天空昏昏灰灰的，讓人也隨著不安了起來。

開了摩托車大鎖後，虞因把受傷的手按上把手那瞬間，感到一陣痛楚，「去他的……」一開始讓他有點頭皮發麻，不過握住之後就稍微好一點了。不，搞不好其實是痛麻了，所以比較沒感覺而已。

發動了車，他單手撥了安全帽戴在頭上，油門一催，就往清早無人的街道上狂飆離開。

他希望時間容許他趕得上。

風在身邊不停颳過，繞進小巷子避開幾個道路攝影機，虞因幾乎是到處闖紅燈兼超速，到最後只花了正常時間的一半時間就到達國小附近。

天色才剛開始放清，水池附近一帶起了霧，濛濛一片，很難看清楚四周。

「聿？」

摘了安全帽之後，虞因試圖喊了聲，「你在不在？」他的手有點刺痛，翻過來一看，繃帶出現了小小的紅色斑點，可能是剛剛騎車時不小心裂了。

四周很安靜，只聽到一些風吹過草葉的聲響。

「聿！」停好車，他邁開腳步往水池邊靠近。明明就要日出了，他卻開始覺得四周的溫度在下降，整個人頻頻起了疙瘩。

這種狀況不尋常，至少對他來說一點都不尋常。

繼續硬著頭皮往內走，虞因一邊撥開草叢，一邊拿出手機看時間，可是，他卻發現手機螢幕整片都是黑的，什麼也顯示不出來，像是當機了，可明明在進來前手機還是完好的。

重新按了開機之後也無效，他放棄了手機，將它收回口袋之後繼續左右尋找著。

不曉得爲什麼，他直覺好像就是會在這邊找到什麼，所以一點也沒有打算停下腳步來。

越是靠近水池邊，四周的霧氣就越是濃厚，明明已經快要天亮，卻又好像暗下來，昏昏灰灰的，讓人有點看不清楚腳下究竟踩了什麼。

然後，他聽見水聲。是那種水滴打在水面上的那種滴答水聲，清晰得像就在身邊。

隨著聲音轉過頭，虞因看見了幾乎讓他心臟停止跳動的畫面。

那個讓他們找了一個晚上的人就在不遠處，在水池裡，已經整個人泡到及腰的髒水裡。

「給我站住！」他幾乎可以聽到自己理智線繃斷的聲音，虞因衝過去，也不管水池是灘萬年髒水，整個人撲通一聲直接衝進水裡。

味道很臭，非常臭，整個水池不知道裡面都聚滿了什麼東西又臭又髒，水居然還是黏膩的，活像坨無限爛泥，「聿！」撲騰地直直前進，虞因直接抓住那個還想往深處走去的人，「你瘋了！給我站住！」

該死的這到底是什麼爛泥水池，他只覺得一腳踏在某種軟黏的東西上，更糟的是，那玩意可能是整片的髒泥，因爲虞因一直感覺到腳底在下陷，某種巨大的東西一直把他的腳往下拉，整個人不停陷下去。

被扯住的聿愣了一下，然後居然在掙開他的手。

「你在搞什麼！這個下去會死人，你知不知道！你想死是不是啊！」拉拉扯扯之間吃了好幾口髒水，虞因呸呸地吐掉好幾次，又發現他們的位置更不妙了，水位正在不斷上升當中，隨時可以淹過他們的嘴鼻，「快上來，別跟那個小鬼去送命！」

氣急敗壞地想拉起人，虞因也不管會不會扯痛聿，就是一股力氣往上扯，而就在他一扯時，他才發現一件事情——

有個力量從相反的方向在拽人。

虞因整個背脊都冷起來了，他僵硬地回過頭，看見聿的另外一手浸在水裡，原本應該髒得什麼也看不見的水池中，居然清晰得能夠看見底下有張小小的臉。

那張臉的主人伸出了手，拽著聿的手往下拉，蒼白浮腫的面孔凶惡地瞪著虞因，然後像是發狂的野獸一樣對他齜牙咧嘴，隱約可以讀出她的唇語。

那張在水下的臉吼叫著：「**是他自己答應的！**」

「他啥也沒答應！」

衝著那張臉吼起來，虞因拉著聿的手，「有我在，妳就別想！」

水下的面孔整個扭曲了起來，浮腫的臉開始綻開，皮膚一點一點地崩裂、冒出血水，接著是分離的肉沫牽連血管漂浮，看起來非常可怕。

有那麼片刻，虞因真的嚇到了，不過還是緊緊拽著聿的手不放。

就在兩邊僵持不下的時候，聿突然轉過頭，紫色的眼睛看著虞因，然後點了點頭。

不曉得爲什麼，虞因居然認爲他好像在說沒關係的感覺，「你要我放手？」他看著水底下那個扭曲的肉塊，很怕一放手，聿就整個被拖下去了。

聿眨了眼，然後點點頭。

無法得知他的意圖，不過，虞因看出聿似乎並不是被鬼牽著走，而是有自己的意識，這讓他稍微放心了一點，「我不會讓她把你拖下去的。」像是在保證什麼一樣說著，他小心翼翼地一點一點鬆開了手，不過改爲抓著聿的肩膀，以防萬一。

抽回了手掌之後，聿回過頭將手探入水下，底下的東西一看到他的手，立即也將自己另外一隻手搭上去抓著。

那張臉慢慢地回復，一點一點地又回復成先前的樣子，灰白的眼緊盯著水上的紫色眼睛，像是抓著某種浮木不肯放手一樣。

虞因緊張地盯著聿，怕事情生變，也盯著聿認眞望著水下的面孔，然後見他緩緩地啓了唇，像是說了什麼，但是卻聽不見一點聲音。

不知道聿重複在說些什麼，但慢慢地，虞因也從他的唇形看出端倪了。

那並不是什麼很困難的句子，很簡短，他只是一直重複著道歉的話語。

聿正在說著同樣的話：「對不起，可是我現在還不能跟妳走。」

他說了很久很久，可能說了幾十次，也可能說了快一百次，水底下的面孔就是死死地盯著他，看著他一直重複著那句無聲的話語。

直到天空慢慢地放亮了，一點一點地，將水池慢慢照亮。

然後，虞因看見水底下的那雙小手慢慢鬆開了。他想，或許事情已經在改變了，所以他也慢慢鬆開自己的手，不過還是很注意聿的舉動。

他們的手鬆開了，水底下的面孔慢慢往後退，睜大眼睛看著聿，然後維持那個姿勢倒著逐漸消失在水下的髒物裡。

有幾個氣泡從水底下冒出來，啵啵地在水上面炸開。

於是天空大亮了。

「聿，我們上岸吧。」看著水底水面都恢復了平靜，虞因試著拍拍聿的肩膀，同時注意到不曉得什麼時候開始，他們的腳下都已經不再下陷了，雖然還是踩在一坨爛泥上。

聿微微轉過頭看他，然後將探入水中的手慢慢往上捧。

就在某種東西浮出水面那一秒，虞因差點又嚇到了。

聿的手上捧著一個圓圓的東西，有洞的地方塞滿了泥和垃圾，四周還黏著來不及全化掉的些許肉塊。

就算虞因不是法醫也不是鑑識人員，他也完全看得出來那是什麼——

那是一個人頭骨。

沒錯，一個再完整不過的人頭骨。

手上捧著那個完整的頭骨，聿看著他，幾秒之後，紫色的眼睛突然泛出眼淚，然後他微微垂著頭，開始無聲地哭了起來。

放棄了馬上上岸的念頭，虞因走了兩步一把抱住他，將他的頭按到自己懷中，「乖乖，都過去了，沒事了。」

他不太會安慰人，真的，所以想得到的辭彙很有限。

懷中的聿整個人都還在發抖，手上依舊抓著頭骨不放，只是一直拚命掉眼淚。

輕輕地拍著他的背，虞因嘆了一口氣，「你在電梯溺水那一天……是不是在電梯門打開的時候，握住她的手。」他想起在房間看見的那一幕。

塞在他懷中的人微微地點了一下頭。

難怪葉曉湘會一直說是他答應的。

抬頭望著晴朗的藍色天空吐了口氣，虞因有種不知道該哭還是該笑的感覺。

大概過了五分鐘……也有可能是十分鐘，聿情緒稍微平緩，才慢慢往後退了一點距離。

他整個眼睛都紅腫了，鼻子也好不到哪邊去，「喂！你鼻涕不要也一點聲音都沒有就糊在我身上好不好！」虞因看著衣服上那些眼淚鼻涕，開始抗議。

抽了抽鼻子，聿拿著那顆人頭骨低著頭很快地往岸上跑，似乎不想辯解鼻涕的事情。

早就想離開髒水池的虞因，馬上跟了上去。上岸後，他發現兩個人的衣褲基本上可以說是全毀，又是泥又是髒水，加上謎樣的髒垃圾，黏黏稠稠的，看起來應該是沒辦法清洗了。

「糟糕，不會細菌感染吧……」甩著已經開始劇痛的手，虞因這才想起來剛剛的行動讓他包著繃帶的手整個都變成泥手了。

小心翼翼地靠過來，聿看著他的手，沒什麼表情的臉上居然難得出現了愧疚之色。

「安啦，等等去醫院消毒一下就好了，倒是你手上的骨頭，我想有必要去找大爸他們一趟了。」他覺得，他應該可以確定這顆頭是誰的了。畢竟最近缺頭的事情也只有這麼一件，而且還跟葉曉湘搭上邊。

現在有個問題是，兩個人一身狼狽騎車，手上又抓著一顆人頭骨，不知道他們可以撐多遠才被警察攔下來喔？

就在虞因思考著要不要先打通電話時，水池附近的草叢突然起了窸窣聲響。

接著，有東西慢慢往他們這邊靠近了。不是狗，是個很大的東西。

虞因護著聿，警戒地等待那個東西到來。

□

「虞老師？你們在這邊幹什麼？」

出現在草叢後面的是齊瑞雪，她手上還握著一支像是從車上拿下來的鐵棒，應該是修車包裡面附帶的某種零件，另一手則提著她的沉重公事包，「你們兩位摔下水池嗎……你手上拿什麼！」

她的視線完全被聿手上的人骨吸引住。

「喔，這是在水池裡找到的。」虞因拉拉變得很沉重的衣服這樣說著，「看起來好像是最近掉下去的，看還有一點肉連著就知道了。」尚未分解完全。

「給我，我馬上交去警察局處理，這個東西實在是……」齊瑞雪看著那個人頭骨，表情開始有些複雜了。

聿往後退了一步，護著手上的頭骨。

瞇起眼，虞因看著走過來的女老師，「交給妳，然後妳要再拿去其他的地方丟棄嗎？」

停下了腳步，齊瑞雪愣著看他，「虞老師，你在說什麼……」

「葉曉湘她媽媽雇用的徵信社，其實是在針對老師妳對吧，因爲有人告訴我，徵信社在學校附近有好一陣子了；另外，老師妳與葉家往來似乎太過於親密了些，讓我不得不懷疑，其實徵信社就是在調查妳與葉先生的事情。」從一開始，出軌的就不是葉曉湘的媽媽，會與徵信社在學校附近碰面，就是因爲她的目標在學校裡。

而且，一般老師拜訪家長不會連小孩都帶的，甚至在小孩死後，家長還來拜訪老師……

「虞老師，你說這種話根本是無憑無據。」臉色整個沉下來，齊瑞雪冷冷地看著他，「什麼徵信社的事情我完全不曉得，要誣賴別人也該有證據才對。」

「爲什麼趙良益落水時，妳不敢接近水池。」一句話打斷對方，虞因盯著她不放，「明明我是打電話給妳，爲什麼妳不敢來。」

「那時候我在安慰另外兩個……」

「安慰比人命重要嗎！」那時候他就感覺到奇怪，明明應該來的是導師，但是卻不是，「妳到的時候發現要進來……我想妳應該早就知道水池裡有什麼東西了，所以不敢進來。接著又打電話請主任趕快過來，自己則留在外面。」

抿著嘴，齊瑞雪一句話也沒說。

「我的推測是這樣，因爲學生一直在傳葉曉湘媽媽的事情，所以妳應該在某程度也警覺到有徵信社的介入，接著去找她媽媽談判……過程我雖然不清楚，但應該是妳失手將她殺害了，接著葉立升回來時雖然驚愕，不過卻幫忙棄屍，切下的頭顱則交由妳找地方丟棄。因爲妳在國小擔任導師，所以自然知道這個水池的事情，這裡當然是最好的棄屍地點。」看著聿手上的頭骨，上面有個凹下的碎痕，虞因指著那個碎痕，「她的死亡原因並不是被斷頭，而是被砸死……就算我不是法醫，但是一般人要是頭骨被砸成這樣，應該也醒不過來了。」

而葉曉湘也是被重物砸死的。

「……你並不能證明這個頭骨是誰的。」久久，齊瑞雪突然冒出這句話。

「我可以，只要交給警方化驗，我敢打賭這個頭骨一定是葉曉湘她媽媽的。」虞因沒有說出口的是那些奇怪現象的部分，所有搭在一起的事情也都證明了這一點。

齊瑞雪就這樣不發一語，緊緊握著手上的棒子，手指收了又放、放了又收，整張臉鐵青卻無表情，完全看不出她現在心中想法。

「爲什麼妳連葉曉湘都殺？」他想起來，第一次到這個學校時，那個喊「老師」的聲音其實不是對著他，而是對著另外一個人。

震了一下，齊瑞雪仍是一句話也沒說。

「齊老師……妳知道這兩起案子的凶器到現在還沒找到吧。他們在找一個又厚又重的東西，有些寬度，能夠不顯眼地敲死人。」看著眼前的人，虞因嘆了一口氣，看著她手上的公事包，「我想，可能要讓警方化驗妳的公事包了，如果有可能，或許可以找到兩個不同來源的血跡與殘留皮屑……」

如果可以，他還眞不想由自己說這些話。

就在虞因想給她一點時間考慮自首時，後面的聿突然衝過來一把將他撞開。

一道影子從兩個人中間砸過去。

剛剛齊瑞雪握著的鐵棒差點打中虞因。

「把那個給我！快點！」瞠大了眼，齊瑞雪直直瞪著聿手上的骨頭，語氣變得凶狠且激動，「馬上給我！」

「聿，快跑。」注意到她露出攻擊傾向，虞因也沒打算繼續交涉，拉著聿往另一邊繞。

直接將頭骨抓著，聿隨著他拔腿狂奔。

後面傳來聲音，他們不用回頭也知道有人在追著。

一衝出草叢，虞因眼尖地看見有人站在前方，「後面！」想也不想，他衝著那個人喊。

不用數秒鐘，齊瑞雪也跟著竄出來，原本站在外面那人馬上撲過去，一把拽住了她，

「小姐，妳手上的東西太危險了。」說著，轉動了她的手腕，硬是讓她放開了鐵棒。

停下奔跑的腳步，虞因呼了口氣，看著不知道爲什麼會出現在這邊的救兵。「謝了，你怎麼會知道我們在這邊？」

對方笑了笑，壓制著手上的人，任由她尖叫踢打，「我接到你大爸的電話，想來想去

覺得不對，就去你家，剛好看見你騎車出來，就跟在後面囉。」皺起眉，差點被一拳打中之後，他就將齊瑞雪整個壓跪在地上，以防她又蠢動。

「可惡！那你不會早點來嗎！」他們剛剛除了跟活人打交道之外，也跟死人打交道耶！

「被圍毆的同學，請記得你騎的是小車，而且還鑽巷子外加超速，而我，是開大車的。」壓制著底下人的救兵——嚴司很認真地告訴他這件事情，「我能追到這邊算不錯了，這裡的路我還不太熟耶。」他能來得及幫忙抓人就算很不錯了，好嗎。

「那你知道多少了。」哼了哼，虞因放棄跟他計較大小車的問題。

「喔，她進去之後我就到了，應該是該聽的都聽到了。」嚴司瞄了一眼自己外套的口袋，示意他取某樣東西出來。

疑惑著去對方口袋掏了掏，虞因拿出了一支手機，上面還開著錄音的功能。

「放開我！」被壓制的齊瑞雪發出銳利的尖叫聲，「都是她們不好！全部都是她們不好！是那個女人先拿相片威脅我的，如果她不要用徵信社照片威脅我，我也不會失手打死她的！放開我！」

嚴司兩個人對看了一眼，同時瞭然了。

於是，謎底揭曉。

□

早晨七點多，國小附近的水池外來了好幾輛警車。

「小聿，把東西放在這邊吧。」拿來一個大箱子，嚴司看著那個人頭骨這樣告訴他。聿這才鬆開手。

「阿因！你又給我亂來了！」接到通知過來抓人的虞夏，一拳砸在兒子腦袋上。

「喂！這次又不是我！」明明亂跑的不是他，而且那傢伙還失蹤了一個晚上耶。一想到整晚沒睡，還要跟鬼跟人打交道，虞因就覺得被揍很委屈。

「反正一定和你脫不了關係！」看了一眼被上銬帶進警車的女老師，虞夏收回了視線，「先去找阿司清理一下傷口，你的手有夠髒的。」看著那隻手掌又是繃帶又是泥水，他也沒再責備了。

「喔。」聳聳肩，虞因看著那個正在端詳頭骨的人，然後才慢慢晃過去。

四周拉起了黃線，好幾個偵辦人員正在水池邊搜尋著。

「老大，這個吻合了。」一手提著齊瑞雪的公事包，一手拿著已經變色的檢驗棉棒走過來，某個偵查人員這樣說著，「痕跡跟另一具屍體上的重物一樣。」

「嗯，把人帶回去。」看了一眼車內的齊瑞雪，虞夏冷冷地下了命令。

「好的。」

他看見黃線外圍出現了學校的人，然後又被其他員警帶開，一切都遵照程序。

天色整個大亮，上班時間也到了。

甩著手上已經半乾涸的爛泥，虞因走了幾步，看見黃線外出現了一張熟面孔，然後他想了想，朝那個小小的人影走過去。「小班長。」他瞥了旁邊一眼，載著齊瑞雪的車剛開走。

他疏忽了，他忘記齊瑞雪會和季佑胤一起上下課。

仰頭看著虞因，那張小小的面孔居然一點表情也沒有，「你爲什麼要這麼多事。」

沒想到他劈頭就這樣說，虞因整個愣住。

「我剛剛聽到警察說，是你們找到的……你爲什麼要這麼多事。」握緊了小小的拳頭，季佑胤像壓抑著聲音這樣說著：「葉曉湘的爸爸是我爸爸……你們抓了他，又抓了我媽媽……你爲什麼要這麼多事！」最後一句幾乎是用吼的吼出來，還驚動了旁邊的辦案人員。

虞因愣住了。

「我是跟我奶奶姓的！」

吼完這句之後，季佑胤轉身就跑開了，快得連虞因都來不及攔住他。

後面有個員警走過來，拍拍虞因的肩膀像是打氣，然後又離開了。

他知道，他並沒有做錯什麼。做錯事情的不是他，所以他不用因此而感到愧疚……

轉過身，他看見水池邊的雜草被排開，在髒污的水上似乎有兩個影子。

身影模糊的葉曉湘，牽著一個他只在相片上看過的成年女子，站在另一端看著他，然後舉起手向他揮了揮。

就這樣，消失了。

所有事情都落幕了，他知道，葉曉湘不會再出現了。

「被圍毆的同學，你還不快點來消毒！想要手爛掉啊！」提著人頭的傢伙在幾步遠的地方對他大呼小叫。

虞因深深地吐了口氣，放鬆心情。

「來了啦！」

那兩件案子……也可以說是一件，在社會版上掛了好幾天。

破案後的隔天晚上，好不容易可以按照正常時間下班的虞佟、虞夏，在客廳裡看著電視轉播，旁邊的沙發還坐著另外兩個人。

客廳的桌面上擺著飯後的水果和虞夏繞路去買回來的甜點，已經被吃掉了一半。

在看完案件報導之後，虞佟先站起身，「小聿，麻煩你過來我房間一下好嗎。」他推了推一下眼鏡，然後自行先走回房間。

抱著抱枕的聿愣了一下。

「大爸要跟你說話，你快進去吧。」推了他一把，坐在旁邊的虞因低聲說著。

看了對方半晌，聿才放下了抱枕，跟進房間裡。

虞佟的房間向來收拾得很乾淨，一面牆是大書櫃，旁邊有書桌以及桌上型電腦，另外就是床和衣櫃，沒有什麼娛樂用品。

走進房間之後，聿第一眼就被書桌上的一張照片吸引——那是一張全家福的相片，相片裡面有著虞佟和縮小版的虞因，另外是一個面生的女人，黑亮的長髮和細長的眼睛，跟現在的虞因輪廓上有點接近。

「不好意思，幫我順便關上門。」虞佟看著他關上門，於是在床邊坐下，並拍拍了身邊的位置，「我有些話想告訴你，這邊坐吧。」

盯著他一會兒，聿才緩緩走過去，坐在床邊。

「嗯……我們已經證實了葉曉湘跟季佑胤是同父異母的兄妹，季佑胤本人知道這件事情，葉先生似乎在婚前，就已經跟那位老師走很近了。」像是聊天一般的語氣，虞佟這樣淡淡地說著，「在偵訊時，齊瑞雪承認那時候是葉立升拜託她前往照顧生病中的葉曉湘，但是沒想到她進門時，看見葉曉湘找到藏在儲藏櫃裡的頭顱，一急之下失手打死她——據說，原本她只是想敲昏她而已。」

聽著他在講後續的事情，聿低下頭，沒有什麼特別的反應。

拍拍他的肩膀，虞佟呼了口氣，看著他，「我沒有對阿因跟夏說過這件事情，你在電梯遇到葉曉湘時，你……其實知道會發生什麼事，但你還是自願握她的手。」聽到虞因講了事情大概時，他隱約就有這種感覺，「小聿，你那時候是不是認爲你是應該跟她走的。」

整個房間的空氣跟著沉默了下來。

也不急著逼他，虞佟只是靜靜地坐在旁邊。

過了好一段時間之後，聿才緩緩地點了頭。

「嗯……我知道你後來拒絕了。」拿下眼鏡，虞佟伸出手摸著聿的頭，「我很高興你可以注意到你還有重要的東西，這是很好的事情，如果可以的話，我們都希望你可以按照自己的意願繼續生活下去；你的時間還很多，不用急著想要決定或否定，就像一開始我跟夏說過的一樣，現在你是我們的小孩，所以你可以慢慢來，不管發生什麼事情，我們都會支持你的，懂嗎？」

抬起頭，那雙紫色的眼睛看著虞佟，然後點頭。

「關於你的事情，我們一定會讓它水落石出，在此之前，你就好好待在這邊。」環過坐在旁邊的孩子，虞佟微笑著拍拍他的背。

他可以感覺到懷中的那個孩子有些猶豫，但還是緩緩伸出手回擁自己。

在一個月之前，他連這點都辦不到。

所以，虞佟笑得更燦爛了。

「歡迎你回家。」

《全文完》

【因與聿小劇場】

護玄　繪

後記

這是發生在山貓出版之前的事情……
可以畫作者的自畫像？好啊我畫我畫——
某玄
結果收到了無數網友/親友的嫌棄……
原來妳變屍體了
好怪喔怎麼不畫可愛點
像鬼
不好看
醜化了啦XD
某天聚會
我到了喔~~~
●的，當心我●了你們這堆混帳傢伙！
哈哈哈
哈哈哈
超像的
好像
好像
好像

說像鬼的給我出來！

看見的煩惱

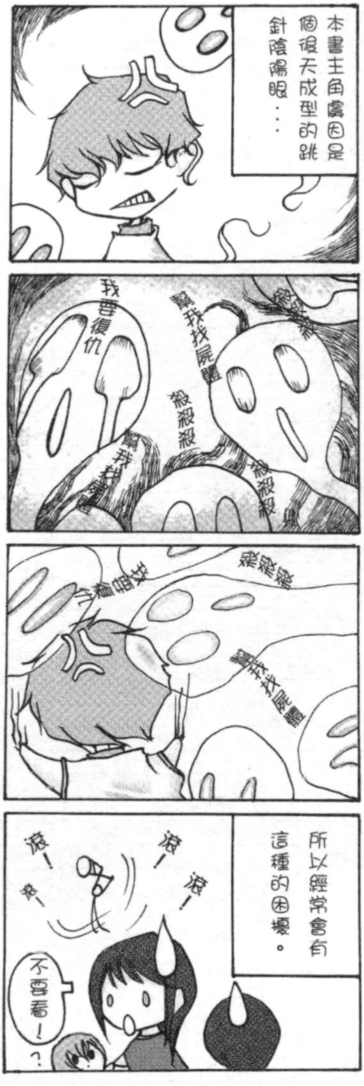

沉默的住戶

總之，目前兩人都適應良好。

蓋亞文化圖書目錄

書 名	系 列	作 者	ISBN	頁數	定價
恐懼炸彈（新版）	都市恐怖病	九把刀	9789867450340	320	260
大哥大	都市恐怖病	九把刀	9789866815690	256	250
冰箱	都市恐怖病	九把刀	9789867929761	240	180
異夢	都市恐怖病	九把刀	9789867929983	304	240
功夫	都市恐怖病	九把刀	9789867450036	392	280
狼嚎	都市恐怖病	九把刀	9789867450142	344	270
依然九把刀（紀念版）	非小說・九把刀	九把刀	4710891430485		345
人生就是不停的戰鬥	非小說・九把刀	九把刀	9789866473029	384	280
不是盡力，是一定要做到	非小說・九把刀	九把刀	9789866473036	384	280
1%	非小說・九把刀	九把刀	9789866473647		400
綠色的馬	九把刀・小說	九把刀	9789866815300	272	280
後青春期的詩	九把刀・小說	九把刀	9789866815799	272	250
上課不要看小說	九把刀・小說	九把刀	9789866473654	272	280
樓下的房客	住在黑暗	九把刀	9789867450159	304	240
獵命師傳奇 卷一～卷十二	悅讀館	九把刀			各180
獵命師傳奇 卷十三～卷十六	悅讀館	九把刀			各199
臥底	悅讀館	九把刀	9789867450432	424	280
哈棒傳奇	悅讀館	九把刀	9789867929884	296	250
魔力棒球（修訂版）	悅讀館	九把刀	9789867450517	224	180
都市妖1～14（可分售）	悅讀館	可蕊			2748
青丘之國（都市妖外傳）	悅讀館	可蕊	9789867450470	320	220
都市妖奇談 全三卷	悅讀館	可蕊	9789866815058		各250
捉鬼實習生 1～7（完）	悅讀館	可蕊	9789866815119	208	1406
捉鬼番外篇：重逢	悅讀館	可蕊	9789866815652	320	250
魔法師的幸福時光 1 舞蹈者	悅讀館	可蕊	9789866815768	240	199
魔法師的幸福時光 2 鏡子迷宮	悅讀館	可蕊	9789866815898	256	220
魔法師的幸福時光 3 空痕	悅讀館	可蕊	9789869473135	256	220
魔法師的幸福時光 4 古卷	悅讀館	可蕊	9789866473388	256	220
百兵　卷一～卷三	悅讀館	星子	9789867450456	192	各180
百兵　卷四～卷八（完）	悅讀館	星子	9789867450531	272	各199
七個邪惡預兆	悅讀館	星子	9789867450913	272	200
不幫忙就搗蛋	悅讀館	星子	9789867450258	308	220
陰間	悅讀館	星子	9789866815027	288	220
黑廟　陰間2	悅讀館	星子	9789866815577	256	220
無名指　日落後1	悅讀館	星子	9789866815362	336	250
囚魂傘　日落後2	悅讀館	星子	9789866815446	288	240
蟲人　日落後3	悅讀館	星子	9789866815713	208	240
魔法時刻　日落後4	悅讀館	星子	9789866473173	304	240
怪物　日落後5	悅讀館	星子	9789866473500	288	240
餓死鬼　日落後6	悅讀館	星子	9789866473616	256	220
太歲（修訂版）　卷一～卷七（完）	悅讀館	星子			1979
太古的盟約　卷一～卷四	悅讀館	冬天			各240
太古的盟約　卷五～卷九	悅讀館	冬天			各199
術數師　愛因斯坦被摑了一巴掌	悅讀館	天航	9789866815911	336	240
術數師2　蕭邦的刀・少女的微笑	悅讀館	天航	9789866473050	336	240
三分球神射手 1	悅讀館	天航	9789866473197	272	220
三分球神射手 2～6（完）	悅讀館	天航			各240
東濱街道故事集　惡都1	悅讀館	喬靖夫	9789866815829	208	180
慈悲　惡都2	悅讀館	袁建滔	9789866473043	336	240
惡魔斬殺陣　吸血鬼獵人日誌 I	悅讀館	喬靖夫	9789867450821	240	199
冥獸酷殺行　吸血鬼獵人日誌II	悅讀館	喬靖夫	9789867450838	240	199
殺人鬼繪卷　吸血鬼獵人日誌III	悅讀館	喬靖夫	9789867450920	240	199
華麗妖殺團　吸血鬼獵人日誌IV	悅讀館	喬靖夫	9789867450937	368	250
地獄鎮魂歌　吸血鬼獵人日誌 特別篇	悅讀館	喬靖夫	9789867450999	192	129
殺禪　全八卷	悅讀館	喬靖夫			各180

*實際定價以各書版權頁爲準

誤宮大廈	悅讀館	喬靖夫	9789866815423	256	220
武道狂之詩 卷一 風從虎．雲從龍	悅讀館	喬靖夫	9789866473005	256	220
武道狂之詩 卷二 蜀都戰歌	悅讀館	喬靖夫	9789866473340	256	220
武道狂之詩 卷三 震關中	悅讀館	喬靖夫	9789866473494	256	220
武道狂之詩 卷四 英雄街道	悅讀館	喬靖夫	即將出版		
天使密碼 01 河岸魔夢	悅讀館	游素蘭	9789866815386	272	220
天使密碼 02 靈夜感應	悅讀館	游素蘭	9789866815614	256	220
天使密碼 03 極夜夢痕	悅讀館	游素蘭	9789866815614	264	220
天使密碼 04 千辰之光	悅讀館	游素蘭	9789866473630	256	220
異世遊　全五卷	悅讀館	莫仁		304	各240
遁能時代　全五卷	悅讀館	莫仁			各240
噩盡島 1	悅讀館	莫仁	9789866473395	272	99
噩盡島 2～7	悅讀館	莫仁		272	各220
山貓　因與聿案簿錄 1	悅讀館	護玄	9789866815560	256	220
水漬　因與聿案簿錄 2	悅讀館	護玄	9789866815645	256	220
彩券　因與聿案簿錄 3	悅讀館	護玄	9789866815775	256	220
祕密　因與聿案簿錄 4	悅讀館	護玄	9789866815836	256	220
失去　因與聿案簿錄 5	悅讀館	護玄	9789866473074	296	240
不明　因與聿案簿錄 6	悅讀館	護玄	9789866473319	272	240
雙生　因與聿案簿錄 7	悅讀館	護玄	9789866473586	288	240
終結　因與聿案簿錄 8（完）	悅讀館	護玄	9789866473685	288	240
異動之刻 1～2	悅讀館	護玄		256	各220
希臘神論	悅讀館	戚建邦	9789866815706	320	250
莎翁之筆　筆世界1	悅讀館	戚建邦	9789866473128	288	220
伏魔　道可道系列 1	悅讀館	燕壘生	9789867450630	168	139
辟邪　道可道系列 2	悅讀館	燕壘生	9789867450647	168	139
斬鬼　道可道系列 3	悅讀館	燕壘生	9789867450722	224	180
搜神　道可道系列 4	悅讀館	燕壘生	9789867450739	224	180
道門秘寶　道可道系列番外篇	悅讀館	燕壘生	9789866815522	320	250
活埋庵夜譚（限）	悅讀館	燕壘生	9789867450333	224	200
天誅：烈火之城卷（上）、（下）	悅讀館	燕壘生			各240
天誅第二部：天誅卷 1～3（完）	悅讀館	燕壘生			各250
仇鬼豪戰錄 套書（上下不分售）	悅讀館	九鬼	9789866815379		499
輪迴	悅讀館	九鬼	9789866815782	256	199
永夜之城　夜城1	夜城	賽門．葛林	9789867450760	288	250
天使戰爭　夜城2	夜城	賽門．葛林	9789867450845	304	250
夜鶯的嘆息　夜城3	夜城	賽門．葛林	9789867450968	304	250
魔女回歸　夜城4	夜城	賽門．葛林	9789866815041	336	280
錯過的旅途　夜城5	夜城	賽門．葛林	9789866815232	352	299
毒蛇的利齒　夜城6	夜城	賽門．葛林	9789866815393	360	299
地獄債　夜城7	夜城	賽門．葛林	9789866815928	336	280
非自然詢問報　夜城8	夜城	賽門．葛林	9789866473081	288	250
又見審判日　夜城9	夜城	賽門．葛林	9789866473142		280
影子瀑布	Fever	賽門．葛林	9789866815607	464	380
善惡方程式（上下不分售）	Fever	珍．簡森	9789866815478	842	599
熾熱之夢	Fever	喬治．馬汀	9789866473234	456	360
審判日	Fever	珍．簡森	9789866473357	592	420
光之逝	Fever	喬治．馬汀	9789866473203	384	320
歲月之石 卷一		全民熙	9789866473364	360	299
德莫尼克 卷一～卷八（完）可分售	符文之子2	全民熙			2378
符文之子 卷一～卷七（完）可分售	符文之子1	全民熙			2114
魔法世界之旅	知識樹	天沼春樹& 水月留津	9789866473241	240	220
柯普雷的翅膀	畫話本	AKRU	9789866815935		240
吳布雷茲．十年	畫話本	Blaze Wu	9789866473289	160	480
古本山海經圖說　上卷、下卷		馬昌儀			各550
新的世界沒有神	朱學恒作品集	朱學恒	9789866473302		260

※實際定價以各書版權頁爲準

國家圖書館出版品預行編目資料

水漬／護玄 著.——初版.——台北市：
蓋亞文化，2008【民95-】
面；公分.（因與聿案簿錄：2）
ISBN 978-986-6815-64-5（平裝）

857.83 97011964

悅讀館 RE122

因與聿案簿錄 二

水漬

作者／護玄
插畫／AKRU
封面設計／克里斯
出版社／蓋亞文化有限公司
地址◎ 台北市103承德路二段75巷35號1樓
電話◎（02）25585438 傳真◎（02）25585439
部落格◎ gaeabooks.pixnet.net/blog
臉書◎ www.facebook.com/Gaeabooks
電子信箱◎ gaea@gaeabooks.com.tw
投稿信箱◎ editor@gaeabooks.com.tw
郵撥帳號◎ 19769541 戶名：蓋亞文化有限公司
法律顧問／宇達經貿法律事務所
總經銷／聯合發行股份有限公司
地址◎ 新北市新店區寶橋路235巷6弄6號2樓
電話◎（02）29178022 傳真◎（02）29156275
港澳地區／一代匯集
地址◎ 九龍旺角塘尾道64號龍駒企業大廈10樓B&D室
電話◎（852）27838102 傳真◎（852）23960050
初版十四刷／2022年9月
定價／新台幣 220 元
Printed in Taiwan

GAEA
ISBN／978-986-6815-64-5

Gaea

GAEA